Ranya Paasonen

Der Stand der Sonne

Roman

Aus dem Finnischen
von Stefan Moster

Deutscher Taschenbuch Verlag

Die Übersetzung wurde vom
Finnish Literature Information Centre, Helsinki,
(FILI) gefördert.

Deutsche Erstausgabe
August 2004
Deutscher Taschenbuch Verlag GmbH & Co. KG,
München
www.dtv.de

Titel der finnischen Originalausgabe: ›Auringon Asema‹

Umschlagkonzept: Balk & Brumshagen
Umschlaggestaltung: Stephanie Weischer unter Verwendung einer
Fotografie von © Getty Images/K. Sanchez/Cole Group
Satz: Greiner & Reichel, Köln
Gesetzt aus der Goudy Old Style 11/15'
Druck und Bindung: Kösel, Krugzell
Gedruckt auf säurefreiem, chlorfrei gebleichtem Papier
Printed in Germany · ISBN 3-423-24398-8

Ich schreibe das Haus leer,
die Sehnsucht von mir weg:
Bücher, Dinge
hinaus, fort.
Fort mit dem dunklen Schrank, dem Stuhl, fort mit der Uhr.
Die Uhr oder der Stuhl später, anderswo
nicht mehr dasselbe. Nur ein Klang,
    eine Botschaft von irgendwo.

Ich schreibe das Haus leer:
hinaus, fort Lampen Tisch, Menschen Erinnerungen.
Das leere Haus ist leicht zu schließen, aufzugeben
das Leben leer gelebt,
    voll geworden.

Lassi Nummi

1.

Es gibt Zeiten, in denen Gott regiert. Dann wird die Vernunft auf Scheiterhaufen verbrannt und mit den Ratten in feuchte Verließe gesperrt. Es gibt Zeiten, in denen die Vernunft regiert. Dann wird Gott auf öffentlichen Plätzen verbrannt, und aus seinen Häusern werden Schulen gemacht. Es gibt Zeiten, in denen man zu zeigen versucht, dass Gott und die Vernunft am selben Ort leben können und dass sie im Grunde dasselbe sind, aber das sind sonderbare Zeiten. Und es gibt Zeiten, in denen Gott und die Vernunft nebeneinander, aber an verschiedenen Orten leben, wie erwachsene Geschwister, für die kein Platz in derselben Wohnung ist, die aber trotzdem gut miteinander auskommen. Als mein Vater und meine Mutter einander liebten, regierte sie Gott, und es war nichts Vernünftiges daran, gar nichts.

Einmal gab ich Gott auf im Namen der Vernunft. Ich sagte zu meinem Vater: ich glaube nicht an deinen Gott.

Mein Vater sagte: Gott ist eins, Gott ist groß. Ich rauchte eine Zigarette vor seinen Augen und ging. Mein Vater packte seine Sachen und irrte tagelang durch eine fremde Stadt. Die Geschwüre meiner Mutter wuchsen zu doppelter Größe an. Der Winter begann. Er dauerte viele Jahre, und während all dieser Zeit schien die Sonne nicht in unsere Zimmer. Während jenes Winters fiel das Licht in Stücke, und ich musste die Einzelteile selbst zusammenkleben. Wenn ich jetzt die Sonne sehe, wende ich ihr mein Gesicht zu und sage: geh nicht mehr weg. In meinem Haus ist ein indischer Mann eingezogen, und er ist mein Bruder geworden. Jetzt ist August, ich habe die Einzelteile zusammengeklebt und muss mich vor diesem Licht nicht mehr schützen.

2.

Mein Vater begegnete meiner Mutter im Zug auf der Fahrt von Luxor nach Assuan. Mein Vater, der Löwe, mein Vater, dessen Augenwinkel voller Furchen waren vom Lachen und vom Zusammenkneifen, sagte zu meiner Mutter: mein Name ist Ismael, und das bedeutet, dass Gott all meine Gebete erhört, so ist es immer gewesen und so wird es immer sein, und mein Vater lächelte verschmitzt mit seinen Augen und mit seinem Mund, und meine Mutter sagte: mein Name ist Anu, und das bedeutet gar nichts, und manchmal, wenn meine Mutter vor dem Himmel stand, hatten ihre Augen und der Himmel die gleiche Farbe. Hinter meinem Vater stand Gott und hinter meiner Mutter stand gar nichts.

Jetzt ist August. Der Himmel ist voller fliegender Sterne. Manchmal bleiben wir bis zum Morgen wach, warum sollten wir schlafen? Wir reden über Bücher und Kinder und fremde Städte. Die Sommerblumen sind verwelkt, bald werden die Preiselbeeren reif, und der Wald riecht nach Pilzen. Die Äpfel fallen von den Bäumen. Wir essen Blaubeerkuchen auf der Veranda des Sommerhauses, und wenn unsere Gedanken sich zu sehr beeilen, stolpern sie übereinander. Nur die wichtigsten Wörter werden ausgesprochen, oft nicht einmal die. Nachts ist es so dunkel, dass wir uns nicht sehen. Wir reichen einander die Hand, und wenn wir Wein in den Gläsern haben, verschütten wir ihn vielleicht. Die Felsen sind warm geworden, wie das Meer. Nachts lassen wir uns treiben, überlassen uns dem Wasser. Nur unsere Fingerspitzen berühren einander, und wir sind still, endlich.

Ismael und Anu. Einst bildeten sie meine gesamte Wirklichkeit, und damals konnte ich nachts schreien, ohne dass ein Ton aus meinem Mund drang. Sie waren so groß, dass sie alle Ecken ausfüllten, alle Winkel, das Licht war von ihnen entzündet worden, und als es erlosch, war ich noch nicht groß genug, es wieder anzuzünden, und da wusste ich, dass ich ihrem Licht ganz und gar ausgesetzt war. Sie waren so groß, dass ich nicht mit hineinpasste in ihre Welt, keinesfalls. Wenn ich am Tisch saß, um eine Apfelsine zu schälen, wusste ich, dass ich vier Schnitte in die Schale machen konnte, damit sie sich leicht ablösen ließ, so machte es meine Mutter. Aber ich wusste auch, dass ich die Schale in einer langen Spirale herunterschneiden und für eine Weile wie einen Schmuck über mein Handgelenk schieben konnte, so machte es mein Vater. Und wenn meine Mutter sagte, Trinkwasser ist frischer, wenn man keine Essenzen aus den Blütenblättern von Rosen hineingibt, dann schob mein Vater die Apfelsinenschale über mein Handgelenk wie einen Schmuck. Eine Apfelsine kann man auf zwei Arten schälen, aber ich kann sie nicht auf beide Arten schälen, wenigstens nicht dieselbe Apfelsine, keinesfalls, und so saß ich lange am Tisch, draußen geschahen allerlei Dinge, an denen ich nicht teilnahm, und ich konnte auf dieser Welt nicht mit beiden zusammen sein. Ganz und gar nicht.

Aber jetzt ist August, ich bin gewachsen, und sie sind kleiner geworden, auf meine Größe geschrumpft, außerdem gibt es so viel anderes auf der Welt, junge Menschen, die so groß sind wie ich, die so aussehen wie ich, ich suche nicht mehr nach einer Macht, der ich mich unterwerfen, in deren Schatten ich bleiben könnte, wohinter ich mich verstecken, in deren Innerem ich mich verlieren und sterben könnte. Schreie ich jetzt in der Nacht, wache ich auf, und ich habe mein eigenes Leben und fürchte mich nur selten. Jetzt kann ich die beiden vor mir aufbauen wie die Puppen, mit denen ich als Kind spielte, und ich weine nur selten, denn Freude und Trauer haben endlich an ein und denselben Ort gefunden. Wenn ich nachts aufwache, spüre ich meine Beine unter der Decke, das mag ich, und ich lächle, und normalerweise ist mir warm genug, und am Morgen erwartet mich nichts

Überraschendes. Und wenn ich schreie im Schlaf, erscheint meine Mutter an der Tür, im weißen Nachthemd, wie die Fee vor vielen Jahren, in gespieltem Flug, ich weiß nicht, ob sie lebt, aber sie hört den Schrei, den ich selbst nicht höre, und der Mond scheint ins Zimmer und macht alles blau, und ich möchte in die Schränke hineinsehen, kann es aber nicht. Und wenn ich auch manchmal ins Wasser sinken möchte, zu den Fischen und den Korallen, ich tue es nicht. Ich spiele am Strand, schaut nur, ich spiele.

Und mein Zuhause hat dicke Wände, und niemand anders besitzt einen Schlüssel, auch meine Schwester nicht, und meine Wände sind himmelfarben, ich habe sie selbst gestrichen und betrachte sie in letzter Zeit weniger als früher. Und im dritten Stock der indische Mann, ich wurde in seinem Land geboren, er war an dem Ort, an dem ich geboren wurde, als ich geboren wurde, und niemand sonst war in diesen kalten Straßen, niemand. Er ist ein Löwe. Funken und Hitze, Funken und Wärme, Funken, und ich bin nicht mehr allein. Der indische Mann sagt zu mir: wir sind gleich, du und ich, wir gehören nicht hierher und wir gehören auch sonst nirgendwohin. Manchmal sitze ich ganz still da und esse einen grünen Apfel, und im dritten Stock macht der indische Mann indisches Essen mit vielen Gewürzen. Zimtstangen werden in Öl gedünstet und Nelken, und der Geruch des Essens verbreitet sich im Treppenhaus und kommt auch durch meine Tür, und wenig später läuft der indische Mann die Treppe hinunter, und ich denke, er ist ganz wie ein kleiner Junge, und ich wasche mir einen zweiten grünen Apfel, und selbst wenn ich ihn schlecht wasche, so macht das überhaupt nichts. Er rennt hinunter, schneller als jeder andere, und ich bin ganz leise. Und ich sehe ihn vom Fenster aus, und dann ruft er mich an und bittet mich zu einem Spaziergang, und der Himmel ist dunkelblau. Er sagt: als ich ein Kind war und es war Morgen und ich zog die Vorhänge zur Seite, sah ich vor dem Fenster die höchsten Berge der Welt, und damals rauschte es noch nicht in meinen Ohren. Und wir gehen im Regen unter Baugerüsten und wir lachen, und er sagt mir nichts Schönes. Er sagt: einmal auf dem Land hörte ich den Schnee schmelzen und manchmal nicht einmal das, und ich las dort hunderte Seiten in einem Buch. Ich sage zu ihm: einmal habe ich ein Gedicht nicht verstanden, aber dann hast du es mir vorgelesen und dann habe ich es verstanden, aber im Nachhinein wieder nicht mehr. Doch ich weiß, bevor wir uns trennen, werden wir anfangen, vom Tod zu reden, und wir werden uns anschreien, damit wir es fertig bringen, auseinander zu gehen. Ich sage zu ihm: du warst an dem Ort, an dem ich geboren wurde, als ich geboren wurde, und in der Tat ist es so, dass sich die Einzelteile von Anfang an auf ihren Platz zubewegt haben. Ich habe keine Angst mehr wie früher, auch tagsüber nicht. Und ich nehme eines seiner schwarzen Haare von meinem Sofa und werfe es weg, denn ich weiß, es werden noch mehr werden.

Mein Zuhause hat dicke Wände, und ich entscheide, wen ich hineinlasse. Der Winter war lang, ich glaubte, er würde gar nicht enden, im Winter gab es den Mardermann, der brachte mir seine Katze, und dann wurden die Balkons renoviert, und Männer kletterten vor meinem Fenster auf und ab, und die Katze zerkratzte mein Sofa und mein Hemd und sie schnurrte in meinem Schoß, und nachts stieß sie die Holztiere vom Klavier und löste das Sieb über dem Abfluss, und der Abfluss war voller Haare in verschiedenen Farben und Längen, und der Mardermann rief an und fragte, wie es der Katze geht, ich bin auf dem Gipfel eines Berges und will wissen, wie es der Katze geht, und ich sagte: Komm her und hol deine Katze und komm richtig herein, wenn du kommst, und damit war er weg, aber das ist eine Weile her, und meine Freunde wissen, wovon ich rede, dass man auf seine Grenzen bedacht sein muss, besonders am Anfang, denn wenn sie da schon verloren gehen, wird es unmöglich, sie wieder zu finden. Und irgendwann unterließ ich es, meine Tür doppelt zu verriegeln, und manchmal lasse ich das Fenster offen, wenn ich die Wohnung verlasse, obwohl ich nahe der Erde wohne, und in dem Zimmer, in das der Mond schien und all meine Sachen blau färbte, gab es überhaupt keine Tür, nur die Türöffnung, in der meine

Mutter erschien. Der indische Mann ist ein junger Mann, er gleicht einem kleinen Jungen, und ich bin noch jünger als er, und ich will alles Überflüssige vergessen und nur aufbewahren, was ich brauche, und vielleicht tue ich das auch und höre auf, mir Geschwüre in mir vorzustellen, und wenn ich nach Wörtern suche, suche ich sie in der Luft um mich herum, und alles ist gut, selbst wenn die Sonnenblume auch kleine Krabbeltiere in meine Wohnung bringt, dann macht das überhaupt nichts. Die Fenster des indischen Mannes sind die gleichen wie meine Fenster, durch sie sehe ich die vertrauten Bäume, aber von weiter oben und weiter weg, und ich spiele am Strand, seht nur, ich spiele.

Irgendwann kehrte die Farbe in die Dinge zurück, die Farbe, die zu lange gefehlt hatte. Von da an verging die Zeit langsamer als zuvor. Die Dinge dufteten und glänzten mehr als je zuvor. Es gab überhaupt mehr Dinge als je zuvor, mehr Bücher, und auch wenn ich einfach nicht alles schaffe, so macht das nichts. Ich war verzaubert wie ein Kind, ich war berauscht wie ein Kind, und da wusste ich, dass ich erwachsen war.

Ich schütze meine Schultern nicht vor diesem Licht, und wenn mir von den Meereswellen etwas in die Nase dringt, so macht das überhaupt nichts. Und wenn das Meer tote Quallen anspült, wechsle ich den Platz. Die Frauen in ihren schwarzen Gewändern, sie sitzen im Schatten und trinken Erdbeersaft mit Trinkhalmen aus

Pappe. An ihren dicken Fingern tragen sie große Ringe, und wenn sie lachen, lachen sie ganz und gar. Ihre dicken Zehen, die hellroten Zehennägel, sie graben im kühlen Sand. Meine Haare nehmen in der Sonne die Farbe des Sandes an, und unter all diesen Steinen suche ich mir nur die allerschönsten aus. Ich schütze mich nicht mehr vor diesem Licht.

3.

Mein Vater begegnete meiner Mutter im Zug auf der Fahrt von Luxor nach Assuan. Am selben Abend brachte er ihr rote Rosen, und meine Mutter fand das amüsant, es waren viele Rosen, und sie dufteten stärker als finnische Rosen, und mein Vater duftete auch, vielleicht zu stark, er war kein bisschen schüchtern. Am selben Abend sagte mein Vater: Ich liebe dich, Anu, aber meine Mutter konnte das nicht ebenso sagen. Eine Woche später in Alexandria war meine Mutter krank, und da presste mein Vater für sie Zitronensaft mit der Hand aus, auch das Fruchtfleisch grub er aus der ausgepressten Zitrone, er gab Eiswürfel in den Saft, er gab Zucker hinzu, und das Glas war hoch und schmal, mein Vater hinterließ darauf keine einzige Fingerspur, er trocknete das Glas sorgfältig ab, sorgfältig, ein Mann muss sorgfältig sein, mit Schallplattenhüllen und Stromkabeln und Butterpackungen zum Beispiel, das ist wunderbar, wunderbar, und es war

Nachmittag und draußen endlich einmal still, nur die Rufe der Straßenhändler, herumstreunende Hunde, herumstreunende Katzen und der Ruf zum Gebet von irgendwo weither. Meine Mutter war krank, nicht sehr krank, aber immerhin, und mein Vater heilte sie, niemand zuvor hatte geglaubt, dazu im Stande zu sein, und niemand anders würde jemals mehr dazu im Stande sein, auch ich nicht, und so saß ich im Krankenhaus auf der Fensterbank, ließ die Beine baumeln, betrachtete sie und stellte fest, dass ich zugenommen hatte. An dem Abend gingen sie tanzen, und sie aßen frittierte Schwalbenköpfe, meine Mutter hatte von all dem gelesen, und sie sagte: Ich liebe dich, Ismael, und an dem Abend waren die Haare meiner Mutter im Mondlicht nicht weiß und nicht gelb, sondern sie hatten die Farbe des Lichts.

Jetzt ist August, und wir trinken Wein am dunkel werdenden Abend, wir blicken uns um, damit wir uns an all dies noch im Winter erinnern. Die Sonne steht bereits tief und scheint sanft, aber manchmal scheint sie uns in die Augen, und dann sind wir von kleinen Erlebnissen erfüllt, von denen wir einander nicht erzählen können.

Alles begann jedoch in einem Zug, der sich auf der Fahrt von Luxor nach Assuan befand, viele Geschichten beginnen und enden in Zügen, darum darf man einen Zug nicht leichtfertig betreten, niemals, und einmal in dem dunklen Zug an der Grenze, Zollbeamte mit Taschenlampen und Schäferhund, da blickten wir vor uns hin und waren still, wir hatten Angst, und das Licht traf auch unsere Augen. Wenn du nach Moskau fährst, haben die Tische im Speisewagen Plastiktischdecken und Plastikblumen in kleinen Vasen, auch sie aus Plastik, und wenn du eigentlich keinen Zucker zum Tee nimmst, so nimmst du ihn jetzt vielleicht doch. Und einmal die alte Frau in den schwarzen Kleidern, mit dem schwarzen Kopftuch, die schwarzen Augen zwischen Runzeln, nie war eine Tür fester vor mir verschlossen gewesen, draußen die Augen der Wölfe. Die alte Frau in den schwarzen Kleidern, der Mund geschlossen zwischen Runzeln, wie ein fremdes Haus in einer fremden Stadt, und auch wenn ich einen Schlüssel habe, benutze ich ihn vielleicht nicht. Die alte Frau in den schwarzen Kleidern, und ich weiß nicht, wohin ich blicken soll, im Fenster sehe ich mich selbst. Züge springen nur selten aus dem Gleis, im Allgemeinen bringen sie uns bis ans Ziel, in Zügen haben wir Grund, vor Dingen anderer Art Angst zu haben. Aber als mein Vater meine Mutter im Zug von Luxor nach Assuan sah, hatte er keine Angst.

Ich weiß nicht, mit welcher Geschwindigkeit der Zug in dem Moment fuhr, als mein Vater an die Abteiltür klopfte, hinter der meine Mutter mit ihren Freunden saß, eine Zigarette zwischen schmalen Fingern, die Asche selbstverständlich auf dem Boden. Sicherlich fuhr er schnell, denn Luxor lag schon ein ganzes Stück zurück, bis Assuan war es noch ein ganzes Stück, und dazwischen wollten nicht viele aussteigen. Doch ich höre das Geräusch des Zuges nicht, obgleich ich hinhöre. Ich kenne auch nicht die Tageszeit, darum muss ich vorsichtig sein, ich kenne sehr wenige Einzelheiten und kann sie nirgendwo mehr überprüfen. Die Tageszeit bestimmt jedoch den Stand der Sonne, oder eher umgekehrt, auf jeden Fall aber sind sie miteinander verbunden, das ist sicher, und so ergibt sich daraus auch der Winkel, in dem das Licht durch das Fenster fiel, falls der Vorhang nicht zugezogen war. Ich glaube allerdings, der Vorhang war zugezogen, ich bin mir fast sicher, denn meine Mutter litt unter Migräne, und bei Hitze wurde ihr unwohl, und die Personen, die bei ihr saßen, waren aufmerksam und kannten sie seit Jahren, sie erinnerten sich an die Reise nach Dänemark, durch Schweden ging es mit dem Auto, und meine Mutter lag auf der Rückbank, mit schrecklichen Schmerzen, doch sie klagte nicht, meine Mutter litt still. Und wenn ich an den Schmerz anderer Frauen denke, auch an meinen eigenen, stelle ich fest, dass der Schmerz meiner Mutter kultivierter war, was eigentlich ziemlich merkwürdig ist, wie kann ein Schmerz kultivierter sein oder weniger kultiviert, aber so ist es, meine Mutter tat alles kultivierter als alle anderen, und es ist schwer, in diese Schuhe zu schlüpfen, auch nach all den Jahren, es ist tatsächlich schwer, in diese Schuhe zu passen, denn sie sind so klein und zugleich so groß. Meine Mutter litt also kultivierter als die anderen, und die Knochen an ihren Handgelenken waren deutlich zu sehen, zarte Knochen, lange, lange Finger, weiße Haut und Ringe, die nicht an meine Finger passen. Denn ich, ich töte die Fische, die ich fange, mit den Händen meines Vaters. Im Stehen suchte meine Mutter Halt, sie stützte sich auf die Rückenlehne eines Stuhls. Meine Mutter: wenn sie zuhörte, hoben sich ihre Augenbrauen und legten die Stirn in Falten, und ihre Augen waren so ruhig, so ruhig, wenn sie unsere Worte erwartete, wenn sie sich streckte, um hinter unsere Worte zu gelangen, dort gelangen nur wenige hin, und von dort zurückzukehren zehrt, es zehrt an einem Menschen, dem die Kräfte ohnehin ausgegangen sind, und dennoch lag auf dem Mund meiner Mutter immer ein Lächeln, bis zum Schluss. Im Frühling, wenn die Sonne alle Ecken erreicht, schien sie durch meine Mutter hindurch. Sie sagte zum Licht: komm, und es kam, die Sonne schien durch sie hindurch und setzte sie in Brand.

Meine Mutter. Solche Frauen gibt es nicht mehr. Über ihre Leiden wurden Bücher und Opern geschrieben, sie magerten ab und husteten und sie sahen in ihren letzten Tagen aus dem Fenster, Sanatorien in den Bergen, stille Frauen, die nur wenig Platz beanspruchten, stille Frauen, die nicht von dieser Welt waren, stille Frauen, die starben, noch bevor ihre Haare im Kindbett dunkel wurden. Das Leiden anderer Frauen, darin fließt Blut, Blut fließt darin und Schweiß, aber das Leiden meiner Mutter, es bestand aus Knochen und Flüstern, und darum war es so viel beängstigender. Der Schmerz meiner Mutter war weiß, er knisterte und prasselte, er raschelte und verschwand ohne Spuren zu hinterlassen. Der Schmerz meiner Mutter war ihr privater Schmerz, sie teilte ihn nicht mal mit ihrem Körper, auch wenn er dann vielleicht leichter zu lindern gewesen wäre. Meine Mutter schaute auf ihren Körper wie auf einen fremden und flog weit davon, weit in die schwerelose Luft, in die Luft. Das Leiden meiner Mutter war eine leere Fabrikhalle, vertrocknete Tauben auf dem Gebälk, wie alte Zeitungen, und Licht, das durch den Staub scheint, und Klänge, Klänge von weit her. Dieser Art ist mein Leiden nicht, auch nicht das Leid meiner Schwester, wir schreien laut, wenn wir uns den Finger in der Tür einklemmen, und mein Vater auch. Meine Mutter, sie atmete Schmerz und Leid ein, sie ließen sich in ihr häuslich nieder und bemächtigten sich ihrer schließlich ganz und gar.

Da es sich aber dennoch so verhält, dass meine Mutter ein Teil von mir ist und ich ein Teil von ihr bin, und weil es sich auch so verhält, dass ich mich selbst nicht einschätzen oder beurteilen kann, wie also, wie könnte ich meine Mutter einschätzen oder beurteilen, da sie nun einmal ein Teil von mir ist, oder war, denn sie ist tot.

In dem Zug, der sich auf der Fahrt von Luxor nach Assuan befand, betrat mein Vater ein Abteil, in dem er keine Bekannten hatte, woraus man schließen kann, dass es Tag war, denn wäre es Nacht gewesen, wäre die Tür des Abteils zu gewesen, wenn nicht verschlossen, und es wäre eine ziemlich unschickliche Zeit gewesen, um Bekanntschaften zu knüpfen, vom Verlieben ganz zu schweigen. Und mein Vater wusste, was sich schickte und was nicht, er war kein junger Mann mehr. Weil es Tag war, schien gewiss die Sonne, in Ägypten scheint stets die Sonne, sie lässt die Wassermelonen dunkelrot reifen, ihre Kerne groß und schwarz werden, sie trocknet die auf dem Balkon aufgehängten Laken noch bevor das Kaffeewasser kocht, und wenn die Laken weiß sind, werden sie noch weißer, und Ende des Sommers sah ich das Gras im Park so trocken und alt und von der Sonne verbrannt, das machte mich traurig, ich fühlte mich ganz allein, und so war es stets in Ägypten, die Farben verschossen und verblassten, und manchmal sah alles nach Sand aus, denn genau wie das Meer bei Sturm die Farbe eines grauen Steines annehmen kann, wenn die Sonne nur noch eine Ahnung hinter den Wolken ist, so kann der Sand grün sein oder blau oder auch rot, und die großen Blumen auf den Kleidern meiner Mutter verkümmerten bald, und als ich aus dem Flugzeug stieg, flutete mir heiße Luft ins Gesicht und ich wollte mich umdrehen, und die großen Blumen in der Hand meines Vaters verkümmerten, aber einmal regnete es im November, und ich und meine Schwester, wir tanzten.

Weil es Tag war und weil die Sonne schien, war der

Vorhang zugezogen, und das Licht im Abteil, es war verdeckt, gemildert, gedämpft, geschwächt und vorhangfarben. Ganz gleich, welche Farbe der Vorhang ursprünglich gehabt hatte, so war er gewiss ausgebleicht und alt, denn in Ägypten werden die Vorhänge in den Zügen nicht so oft gewechselt wie in Finnland, wo man sie nicht einmal so oft zu wechseln bräuchte, denn in Finnland kommt die Sonne gar nicht dazu, die Farbe der Stoffe auszubleichen, in Finnland kommt kein Flugsand direkt aus der Wüste und drückt die Blätter der Balkonpflanzen zu Boden und zerkratzt Schallplatten und zermürbt Menschen, die so etwas nicht gewohnt sind. Und in Finnland gibt es auch keine Läuse und Flöhe, die sich in allem einnisten, was weich und schmutzig ist, die Eier der Läuse sieht man von weitem, wenn die Haare voll davon sind, manchmal wünschte ich, es wäre so, und in den Pflaumen wären Würmer und im Eis Kakerlaken, und der Strom fiele abends manchmal aus, sodass man nichts zu tun bräuchte. Ich wünschte, an den Apfelsinen wäre Sand und an den Mandarinen noch die Blätter am Stiel. Ich wünschte, die Oliven wären verdorben, aber nur einmal, damit man zuerst wütend werden und sich dann beschweren, schließlich den Laden wechseln könnte und von all dem gute Laune bekommen würde. Der Vorhang im Abteil war hellgrün oder hellrot oder hellgelb oder, zieht man in Betracht, dass es das Jahr 1972 war, konnte er sogar hellbraun oder hellorange gewesen sein. Es könnte sein, dass der Stoff an den Säumen ausgefranst war, dass er Brandlöcher von Zigaretten hatte, die Farbe so dünn geworden war, dass sie die Farben des Lichts nicht wesentlich beeinflusste, er mäßigte nur leicht die gewaltige Kraft der Sonne. Es war Winter, November, da fühlen sich in Ägypten auch Menschen aus Finnland wohl.

4.

Meine Mutter wandte ihr Gesicht der Sonne zu. Als sie die Augen schloss, kam es ihr vor, als gäbe es nichts. Jeden Frühling, bevor der Schnee geschmolzen war, warteten wir auf den Tag, an dem die Sonne zum ersten Mal in unser Haus schien. Unsere rote Katze, sie sprang dann im Esszimmer auf den Tisch und lag auf dem Rücken in der Sonne. Einmal verwandelte sie sich in meine Mutter, und daran war eigentlich nichts Verwunderliches. Nach dem Winter dann unsere Blässe, und wir wandten die Gesichter der Sonne zu. Nach dem Winter war bei den hungrigen Eichhörnchen auf dem Friedhof nur die Hälfte des Winterfells übrig, auf dem Grab stand Wasser und verfaultes Gras. Meine Mutter, sie schloss die Augen, sie lächelte in die Luft hinein, und die Luft war leicht und voller Licht, still und reglos stand sie da, eine große, große Frau, auch alles andere hielt inne wie auf einem Foto, und die Wolken waren hoch, und meine Mutter, sie wandte ihr Gesicht der Sonne zu.

Die Hitze aber verstand meine Mutter nicht. Die Hitze, die da ist, auch wenn man die Sonne nirgendwo sehen kann. Die ägyptische Hitze, die indische Hitze, die libysche Hitze. Hitze. Sie verstand nicht, dass man gegen die Hitze nicht ankämpfen darf, genau daraus bezieht sie ihre Kraft. Meine Mutter verstand nicht, dass man einfach leise sein und bleiben muss, wo man ist, man muss mit halber Kraft sprechen und mit halber Kraft atmen und denken mit halber Kraft. Man muss auf den ersten Windhauch des Abends warten und dann auf den Balkon gehen, sich auf das abkühlende Geländer stützen, aber nicht zu sehr, denn aus den Leitungen kann Wasser ins Gemäuer gedrungen sein, und das Geländer kann jederzeit abbrechen, man muss dem Ruf zum Gebet lauschen, muss heißen Tee mit frischen Minzeblättern trinken, Zucker in den Tee geben und aus einem Glas trinken, das die Finger verbrennt, man muss Käse essen und Wassermelone, man muss die Wassermelone den Arm hinabrinnen und kitzeln lassen, man muss still sein, denn das, was man sagen muss, das kommt von selbst, und so haben die Wörter Zeit, sich zu bilden, sich zu veredeln, sie werden nicht einfach so ausgedacht, sie werden ausgesucht und geschliffen wie Edelsteine oder alte Staaten, und man muss sie sanft aussprechen, man darf den anderen nicht erhitzen, nur abkühlen. Meine

Mutter aber sehnte sich, sie sehnte sich weit weg, und so etwas erhitzt, es erhitzt und erhitzt. Meine Mutter, sie fragte den Arzt: wie erträgt dieses Kind die Hitze, und der Arzt strich über meine feuchten Locken und antwortete: es kennt es nicht anders. Und im Zoo wandte ich meinen Blick den Krähen zu und schaute die Löwen nie an.

Hier ist es zu heiß, sagte meine Mutter an ihrem letzten Tag, es war Oktober, und wir waren in Finnland, und ich öffnete das Fenster, aber das half kein bisschen, all die Apparate und die Medikamente, die stotternden Worte, die roten Fingernägel unter der Decke, und ich wusste, meine Mutter wird sterben, bald, meine Mutter stirbt.

Meine Mutter wäre nicht im Sommer nach Ägypten gereist, nicht damals, als sie noch wählen konnte, und schon daraus hätte man schließen können, dass ihre Begegnung im Winter stattfand, aber dafür existieren noch andere Beweise, Briefe, die ich nie lesen werde, Kassetten, die ich nicht anhören werde. Auf ihnen steht *Very Private* in der verschnörkelten Schrift meiner Mutter, die ich nicht nachahmen kann, auch wenn ich es versuche. Denn ich schreibe meinen Namen mit der Hand meines Vaters. Meine Mutter wurde rot in der Hitze, ihr Gesicht und ihr Hals, und wir nannten sie Truthahn. Ich weiß nicht, ob ich auch das jetzt bereue, so viele Dinge bereue ich nämlich, ich schäme mich sogar dafür, obwohl ich weiß, dass meine Mutter nur gelacht hätte, sie lachte auch sonst im Großen und Ganzen über alles, wohlwollend, wie ein Engel. Aber auch wenn November war, schien die Sonne doch hell, denn der Zug befand sich auf dem Weg von Luxor nach Assuan, und Luxor und Assuan liegen nahe am Wendekreis des Krebses und auch in vieler anderer Hinsicht nahe an Afrika, zum Beispiel insofern, als die Menschen schwarz sind und bunte Kleider tragen. Meine Schwester und ich, wir verbrachten einmal einen Tag am Rand des Swimmingpools, und da verlor ich meinen silbernen Armreif und fand ihn nicht mehr. Es war Heiligabend, und abends schauten wir uns nubischen Volkstanz an, die nubischen Männer waren groß und schwarz, und nach der Vorstellung kamen sie an unseren Tisch und forderten uns zum Tanz auf, wir wollten nicht mit ihnen gehen, aber Mutter sagte, geht nur, geht, sagte auch Vater, also gingen wir, und bald fingen die nubischen Volkstänzer an, unsere Handflächen mit ihren schweißigen Fingern zu streicheln, sie lächelten uns auf eine Art an, die wir noch nicht gewohnt waren, sie lachten, und ihre Zähne glänzten im Licht des Restaurants, sie zogen uns zu dicht an sich heran, und Mutter und Vater klatschten den Rhythmus am Restauranttisch mit und wussten nichts, und wenn wir Vater etwas gesagt hätten, hätte er angefangen zu schreien, er hätte die Kellner angeschrien, er hätte den Hotelchef angeschrien, er hätte so sehr geschrien, dass die Fundamente des Hotels Risse bekommen hätten, und der Swimmingpool wäre ausgetrocknet, und das ganze Restaurant hätte sich ganz bestimmt geleert. Und er wäre auch auf uns böse gewesen. Also sagten wir nichts, schauten einander nur an, und am Abend unter der Decke weinten wir, darüber, dass wir nicht in Finnland waren, wo Schnee lag, wo es Hyazinthen gab und nur Frauen, keine Männer, wenigstens nicht solche Männer, aber dann fingen wir an zu lachen, denn immerhin hatten wir uns und ein großes Geheimnis. *Very Private*, und so fingen wir an, aus unseren alten Kleidern herauszuwachsen.

Als mein Vater meiner Mutter begegnete, war es November, und Mutter war gerade auf einer Nil-Kreuzfahrt gewesen, den Nil aufwärts nach Süden. Sie fand es lustig, dass die pechschwarzen Männer schneeweiße Zähne hatten und noch weißere Handschuhe trugen, die sie bestimmt nicht mehr tragen, und wenn doch, dann sind sie gelb geworden wie eine alte finnische Studentenmütze, und es ist seltsam, dass so etwas heute weniger bedeutet als damals, aber so ist es nun einmal. Damals wurde sogar das Pistazieneis von Griechen hergestellt, es wurde in Schalen aus Metall angeboten, und man aß es mit kleinen eckigen Löffeln, und die Schale stand auf einem Teller, und zwischen dem Teller und der Schale mit dem schmalen Fuß lag ein runder Untersetzer aus dünnem Papier, und wenn die Sonne unterging, schwebten die Untersetzer über die Terrasse. Andererseits ist es aber auch so, dass wir viel später in Kairo, im Restaurant eines Assuaners, Salzgurken bestellten, und sie sagten nicht, heute gibt es keine, sondern gingen anderswo welche holen. Solche Dinge machen mich oft sehr traurig, wenn ich versuche in Finnland zu leben, wo meine Bestellung einen Kode hat, wo die Kartoffeln in Plastik verpackt und fertig geschält von irgendwoher kommen, wo auf die Olivendosen schon der Preis gedruckt ist, wo die Raucher sogar mitten im Winter in Grüppchen auf der Straße schlottern, wo das Licht innen und außen weiß ist, wo die Farbe nie Zeit hat abzublättern, bevor das Haus neu gestrichen wird, wo der Asphalt nie aufreißt, wo der Strom nie ausfällt, wo das heiße Wasser niemals ausgeht, wo Fernsehsendungen nie Verspätung haben, wo sich nie jemand verspätet, wo ich mich nie verspäte. Ich versuche in Finnland zu leben, ich versuche es wirklich mit aller Kraft, aber einmal hörte ich auf, es zu versuchen, als ich auf die Krähen über den grauen Dächern schaute, als es lange geregnet hatte und die Zigarette von alleine zwischen meinen Fingern abgebrannt war und meine ägyptische Hühnersuppe die Fenster von innen beschlagen ließ, und als mir auffiel, dass ich viel abgenommen hatte und von morgens bis abends und von abends bis morgens wartete.

Während der Nilkreuzfahrt stand meine Mutter allein auf dem Deck, es war früh am Morgen, und sie betrachtete den Nil und die Nilufer, und das Wasser wirkte auf sie so rein und der Sand so hell, dass ihr auffiel, wie sie an ihre Heimat dachte. Sie war sich sicher, niemals in Afrika zu leben, das hatte sie vor langem beschlossen, aber dennoch kam es ihr oft so vor, als wäre der Unterschied zwischen Ägypten und Finnland doch nicht so groß. Es gab Blau, es gab Weiß, und es gab viel leeres Land. Wie sehr sie Unrecht damit hatte, weiß ich, denn wenn ich eine Apfelsine schäle, kann ich entweder vier Schnitte machen, worauf die Schale sich leicht löst und ich an Finnland denken kann, oder ich kann die Schale in einer langen Spirale herunterschneiden, mit der ich eine Weile mein Handgelenk kleiden und an Ägypten denken kann, und letztendlich kann ich nicht auf beide Arten schälen, jedenfalls nicht dieselbe Apfelsine, und das ist traurig, denn so kommt man nicht weiter, an dieser Stelle entspringen keine Pfade, denen ich folgen könnte, um nicht so verdrossen zu sein. Hätte ich neben meiner Mutter auf dem Deck gestanden, hätte ich zu ihr gesagt: In diesem Wasser wimmelt es von Würmern, tödlichen Würmern, wenn du darin schwimmst, magerst du zuerst ab und dann stirbst du, in diesem Wasser sind Wasserbüffel und Kinder zusammen und Tote ganz bestimmt und Schwefel, und es wird nie gewechselt, und dann hätte mich meine Mutter gefragt: Mein liebes Kind, warum versuchst du, mir meinen Glauben zu nehmen? Hätte ich aber neben ihr auf dem Deck gestanden, wäre ich eine andere gewesen. Wäre ich eine Ägypterin gewesen, hätte ich gesagt: Dies ist ein großartiges Land, wir haben Israel besiegt, am sechsten Oktober, Madame, und wir haben eine lange Geschichte, die Pyramiden, die Gräber, den Assuan-Staudamm, Madame. Wäre ich eine Finnin gewesen, hätte ich gesagt: Das ist ’ne tolle Landschaft, Mensch.

Aber ich wage nicht immer an das zu glauben, was ich sehe, und auch nicht so recht an das, was ich nicht sehen kann. Vielleicht weil meine Augen nicht braun und nicht blau sind, sondern etwas dazwischen, vielleicht weil ich nicht dies und nicht das bin und trotzdem beides, vielleicht weil ich von nirgendwo herstamme und doch aus zwei Ländern. Sieh mir in die Augen, sagte der indische Mann, und das fiel mir schwer, jetzt aber nicht mehr. Warum versuchst du, mir meinen Glauben zu nehmen, fragte mich meine Mutter einmal, wir sprachen über Gott, und ich dachte nur an die Sterne, die ich sehen konnte, warum versuchst du, mir meinen Glauben zu nehmen, und das habe ich seitdem nicht mehr getan.

Durch das Zugfenster konnte man nicht bis zum Nil sehen, überall war nur Sand, man sah Stacheldraht und Warnschilder, und der Zug hielt nicht annähernd an allen Bahnhöfen. Meine Mutter saß mit ihren zwei Mitreisenden in der sanften novemberlichen Wärme, die Luft, die durch das einen Spalt weit offen stehende Fenster einströmte, kühlte, und Mutter blickte auf ihren Arm, der nun doch Besorgnis erregend rot war, und in diesem Augenblick klopfte mein Vater an die Abteiltür und trat ein.

5.

Ich lebe in der Zukunft, sagte meine Mutter, und das traf überhaupt nicht zu. Die Wahrheit ist, dass sie in der Vergangenheit lebte. Denn obwohl meine Mutter glänzende Autos liebte, obwohl sie vor ihnen stand und lächelte, obwohl sie morgens schwamm und sich tagsüber Reklame ausdachte, obwohl sie abends in die Oper ging und die meisten Nächte auf Festen verbrachte, war meine Mutter auch im Vorstand der ägyptologischen Gesellschaft.

Ich lebe in der Zukunft, sagte Mutter mehrmals, und für ihre Behauptung spricht, dass sie nie nachtragend war und wütend blieb, nachdem wir um Verzeihung gebeten hatten. Das haben wir doch längst vergessen, sagte sie und lächelte, und am Ende wollte sie nicht mehr auf Fotografien. Meine Mutter erzählte uns keine lehrreichen Anekdoten, sie rief keine Verwandten als Zeugen auf, die nur noch auf vergilbten Bildern lebten, sie versuchte nicht, uns daran zu hindern, dieselben Fehler zu machen, die sie selbst gemacht hatte, was ist eigentlich ein Fehler, wie kann man ihn definieren? Sie sah im Alter keine Garantie für Weisheit, sie hielt sich nicht für den Maßstab der Klugheit, sie hielt uns nicht für schlechter als sie. Sie klebte keine Bilder in Alben, sie schrieb kein Tagebuch. Ich weiß nicht, um welche Zeit ich geboren wurde, ich kenne nicht mein Gewicht, meine Größe oder die Länge meiner kleinen, roten Finger, ich bereitete ihr keine Enttäuschung, indem ich vom Säugling zum Kind und vom Kind zur Erwachsenen wurde, das ist wichtig, das Wichtigste von allem, es gibt keine rosa Bücher, kein gelocktes Babyhaar, keine Milchzähne, keine Zeugnisse, keine Aufzeichnungen, keine Notizen. Was wert ist, erinnert zu werden, muss man nicht aufschreiben. Auch ich möchte alle möglichen Dinge vergessen, ich glaube bloß nicht, dass es gelingt, auch ihr war es nicht gelungen, ich glaube, all das blieb in ihr, bis sie nicht mehr die Kraft hatte, es zu tragen.

Als meine Mutter vier Jahre alt war, stand sie mit einem Blumenstrauß in der Hand am Bahnhof und wartete, dass ihr Vater von der Front zurückkam, aber ihr Vater kam nicht, und die Blumen verkümmerten langsam, und die Leute suchten meine Mutter überall, bis sie schließlich auf den Gedanken kamen, dass ein Mensch von vier Jahren ganz und gar liebt und mit ganzem Herzen hofft und noch nicht versteht, dass sich nur ein Teil der Hoffnungen erfüllt, auch wenn man die Zahl der sich erfüllenden Hoffnungen natürlich steigern kann, indem man sich kleine Dinge erhofft, aber auch das weiß eine Vierjährige noch nicht, auch wenn sie auf eigene Faust zum Bahnhof findet, und solche Geschichten sollte man Kindern verbieten und Erwachsenen auch, denn sie machen das Einschlafen schwer, und mir kommt es vor, als könnte meine eigene Trauer nie solche Ausmaße annehmen, während des Krieges bekam man auch keine Apfelsinen, und während des Krieges träumte meine Mutter von Bebé-Gebäck, dessen Größe mit dem Hunger wuchs, manchmal konnte es so groß sein wie ein Haus, und vielleicht dachte sie auch viel später in Ägypten daran, wenn sie die Hemden unserer Schuluniformen bügelte, wobei ihr pausenlos der Schweiß die Arme herabrann und auf den Boden tropfte. Die kleine Anu, die langen Zöpfe und der verlassene Bahnhof, und nicht mehr der, den sie liebt.

Als meine Mutter nach Ägypten ging, reiste sie zeitlich viel weiter weg als räumlich, und ich gebe zu, dass Vaters Nase groß war, wie bei einem Pharao, aber solche Nasen gibt es auch in der Nähe, was Zeit und Ort betrifft, meine ich, zum Beispiel in Palästina. Alles Neue hätte sie mit einem kleinen Meißel entfernt und ihrer Arbeit anschließend mit einer kleinen Bürste den letzten Schliff gegeben. Als meine Mutter und ihre Freunde den Vorhang des Zugfensters einen Spalt weit öffneten, sahen sie kleine Kinder beim Spiel, und sie wussten, dasselbe Spiel war schon immer gespielt worden, das ist erforscht, und wir können wirklich sagen: so lange wie in diesen Ländern schon geboren und gestorben worden ist. Meine Mutter lebte in der Vergangenheit. Dessen bin ich mir sicher, aber es kann auch sein, dass ich mich irre. Meine Mutter lebte in der Vergangenheit, und das geht im Ausland leichter als im eigenen Land, wo man zu viel versteht und zu viel sieht und wo klar ist, dass im Neuen auch viel Gutes liegt, und es ist nun mal so, dass Präsident Kekkonen nichts daran ändern konnte, dass er kein Marschall Mannerheim war, ganz anders gekleidet und auch sonst, aber es hat keinen Zweck, sich noch über solche Dinge zu streiten, und wenn wir es doch tun, dürfen wir nicht vergessen, die Dinge in den richtigen Maßstab zu setzen. Es ärgerte Mutter, dass die Pyramiden und Tempel und Museen und Grabstätten in der Hand von Idioten waren, manchmal sprach sie von Datteltramplern, dann wieder von Baumwollpflückern, manchmal auch von Wischlappenköpfen, doch da wurde ich meistens wütend, und sie entschuldigte sich. Aber ich bin nachtragend und habe ein Gedächtnis wie ein Elefant oder wie ein Tagebuch. Meine Schwester, sie wurde nicht böse, sie saß in einem Karton und stellte sich vor, es wäre ein Sommerhaus mitten im finnischen Wald. Sie wurde auch nicht böse, wenn der Weihnachtsbaum, den Vater gekauft hatte, keine Fichte war, sondern eine Zeder. Und der Teddybär meiner Schwester hieß Halbundhalb, denn er war nicht klein und nicht groß, nicht alt und nicht jung, nicht schwarz und nicht weiß, Halbundhalb war weder dies noch das.

Und der indische Mann sagt zu mir: Ich bin nach Indien gegangen und habe meine Heimat nicht wiedergefunden. Ich bin nach Finnland zurückgekehrt, und ich habe auch hier keine Heimat. Der indische Mann, er weint nur mit einem Auge. Der indische Mann, er legt mir den Kopf auf die Schulter. Ich könnte seine Hand nehmen und ihn anderswohin führen, den indischen Mann, wie einen kleinen Jungen, wir könnten fortgehen. Denn ich bin mir sicher, dass es mitten im grünen Meer einen Ort gibt, wo wir nicht entscheiden müssten, wo wir endlich einmal still sein könnten.

Meine Mutter trug einen Hut mit breiter Krempe, damit schützte sie ihr Gesicht und die Haut ihrer nackten Schultern, und wenn sich die kleinen bettelnden Kinder um sie scharten, sprach sie zu ihnen finnisch. Meine Mutter hätte in jeden Film gepasst, denn sie war die schönste Frau der Welt, das ist die Wahrheit. Sie war übernatürlich schön, göttlich schön, himmlisch. Mutter stand jeden Morgen um fünf Uhr auf und ging vor ihrem Arbeitstag schwimmen. Und sie aß nur wenig, denn sie verabscheute Essen. Sie verabscheute seinen Geruch, Fettreste, schmutziges Geschirr, alles was mit Essen zu tun hatte. Sie sprach nicht vom Essen, sie sprach nicht über ihre Mühen, sie sprach nicht über ihren Körper, sie sprach nicht über sich selbst. Ich habe so einen Freund, und er ist nicht fähig, auch nur einen Moment still zu sitzen.

Meine Mutter war einen Meter achtzig groß und wog im Jahr 1972 fünfundvierzig Kilo. Wenn ich jetzt Löwen sähe, ging ich selbst auf sie zu, ich brauche niemand als Schutzschild, und ich weiß, dass diejenigen, die größer sind als ich, nicht unbedingt stärker sind, aber das Hochzeitsbild von meinem Vater und meiner Mutter kann ich nicht anschauen, ganz und gar nicht. Es ist zu vieles darauf zu sehen, das viel zu bald endet. Und ich würde vielleicht wieder weinen. Einmal, als Vierzehnjährige, ging meine Mutter am Rand des Marktes entlang, sie trug einen Korb voller Gemüse und Beeren. Ihre Haare, flachsblond wie bei dem Mädchen, das im Liederbuch neben dem Volkslied der Tavastländer an einer Birke lehnt und in die Ferne blickt, flatterten frei und lang im Meerwind hinter ihr her. Auf der Straße fuhr ein Diplomatenauto, es verringerte neben ihr die Geschwindigkeit, das Fenster senkte sich langsam, und der arabische Mann, der auf der Rückbank saß, schaute sie diesen kurzen, aber lang erscheinenden, die Wangen rötenden und die Hand vor das Gesicht führenden Moment lang an und lächelte, der arabische Mann bestaunte meine Mutter für einen Moment, bis das Auto weiterfuhr. Das war ein großartiger Moment, ein schöner Moment, sagte meine Mutter, ich war schön in seinen Augen, sagte meine Mutter. Ich finde die Geschichte allerdings ziemlich ekelhaft, denn wenn der arabische Mann auf meiner Höhe das Tempo drosseln und mich anstarren würde, dann würde ich ihm den Mittelfinger zeigen und ihm auf Arabisch zurufen: Gott möge dein Haus zerstören, oder: Gott möge deine Seele zerstören, und ich würde nicht an seine Gefühle denken, an Gefühle, du lieber Gott, kein bisschen. Aber meine Mutter war eben anders, sie konnte niemanden hassen außer sich selbst. Und die Autos verringern neben mir nie die Geschwindigkeit.

Nur ich und meine Schwester dürfen über Araber etwas Schlechtes sagen, denn wir sind selbst Araber. Ägypten ist voller Araber, und Mutter kannte sie überhaupt nicht, bevor mein Vater an die Abteiltür klopfte und eintrat.

6.

Mein Vater war auf Dienstreise, als er meiner Mutter begegnete, als er meiner Mutter begegnete und beschloss, alles Alte wegzuwerfen. Als er meiner Mutter begegnete und die Worte verlor und auch die Melodien. Als er meiner Mutter begegnete. Mein Vater war in der Wüste gewesen, in einer Oase, und sein Koffer war voller Papiere und Karten und Erdproben in kleinen weißen Tüten, und voller süßer Apfelsinen auch. Mein Vater suchte nach Wasser. Mein Vater, das Feuertier, der Wassersucher, die Augenwinkel vom Lachen zerfurcht, die Arme sonnenverbrannt, der kahle Schädel, der glänzte wie eine Wassermelone, er ist nicht tot, aber es gibt ihn nicht mehr. Ich habe die Nase meines Vaters, ich habe die Ohren meines Vaters, ich töte die Fische, die ich fange, mit den Händen meines Vaters, meines Vaters Ismael. Ich betrachte ein Bild, es ist schwarzweiß und seine Ränder sind dekorativ geschnitten, ganz altmodisch, mein Vater hält ein Reagenzglas in der Hand und gießt eine Flüssigkeit hinein und lächelt, und er trägt einen weißen Kittel. Er posiert. Mein Vater wollte immer auf Fotos kommen, und auf vielen Bildern lehne ich den Kopf an ihn und fürchte mich vor nichts. Mein Vater und seine Freunde untersuchten alle möglichen Dinge, sie hatten beigefarbene Kleidung und Sommersprossen und Brillen, sie waren ernst, sie waren dünn, ihre Wangen waren rot von der Sonne. Sie sprachen über chemische Verbindungen. Vater richtete den Blick beim Gehen oft zur Erde, denn er suchte interessante Gesteinsarten, und er redete lange über sie, er referierte. Mutter hörte zu, wir nicht. Er richtete beim Gehen oft den Blick zur Erde, aber in der Stadt, wo der Boden nichts Interessantes bereithielt, blickte er sich um und sah absolut alles. Einmal hob er einen Stein von der Erde auf, und darunter war ein Skorpion. Ich hasse Skorpione. Die Papiere meines Vaters füllten unsere Wohnung, die Stapel wuchsen Jahr für Jahr höher an, und einmal hatten wir eine Maus, und die hätte Löcher in Vaters Papiere genagt, und Vater sagte, man muss sie töten, und wir sagten, man darf sie nicht töten, und mein Vater jagte sie und brachte sie lebend hinaus, aber die Kinder des Hausmeisters, Läuse im Haar, Fliegen in den Augen, ertränkten sie im Wassereimer, wir sahen es vom Fenster aus, wir hörten ihr Lachen, und wir wussten, dass unser Vater sein Versprechen gebrochen hatte. Auf dem leeren Grundstück neben unserem Haus wurde ein neuer Wohnblock gebaut, die Arbeiter sahen, wie wir lebten, und man konnte sich nicht mehr auf dem Balkon aufhalten.

Mein Vater war Hydrogeologe. Er forschte nach Grundwasser in der Wüste und manchmal auch anderswo. So etwas ist wichtig in Ägypten. Mein Vater sagte, hätte er anstelle des Wassers das Öl gewählt, wären wir reich. Als wir in Libyen lebten, wurde unser Telefon abgehört, und an dem Tor zu unserem Garten hing das türkisblaue Schild der UNO, und wenn ich vor dem Haus saß und ein Weihnachtslied sang, sagte Mutter, es wäre besser, ich sänge etwas anderes. Unser Haus war groß, umgeben von einem Garten, der Garten hatte ein Schirmdach, das Schirmdach eine Weinranke, an der große, schwarze Trauben wuchsen, es gab Katzen dort, die nachts miauten, wie spielten Hochzeit, ich und meine Schwester, und manchmal waren wir auch Prinzessinnen in unseren weißen Kleidern, die Frauen auf der Straße hatten auch weiße Kleider und nur ein Auge nicht bedeckt, und das grüne Stadtzentrum von Tripolis, es hatte die Farbe der Revolution. Ich lernte lesen und manchmal wusch ich auch unser Auto, es war blau, und seine Sitze heizten sich in der Sonne auf. Und die Olivenbäume wie in der Fantasie, die Blätter schwer vor Staub.

Ich malte ein Bild, auf dem Gaddafi zu einer Menschenschar sprach, und auf die Nase malte ich ihm eine Fliege. Vater sagte, dafür hätte ich ins Gefängnis kommen können. Als Sadat in Kairo ermordet wurde, füllten sich die Straßen von Tripolis mit feiernden Menschen, und meinem Vater sagten sie am Tag darauf: ist das nicht großartig, und mein Vater entgegnete: der Schöpfer nimmt alle zur rechten Zeit zu sich, denn mein Vater war schlau und aufmerksam, mein Vater, er sah alles. Er lehrte mich hinzuschauen. Er lehrte mich sehen. Wir waren anderswo, wir waren Ausländer, das fanden wir angenehm. Und wenn öffentliche Hinrichtungen im Fernsehen übertragen wurden, so konnte man immerhin abschalten. Unter den Springbrunnen die bunten Lampen und häufig Feuerwerk. Wir fühlten uns wohl, warum hätten wir uns nicht wohl fühlen sollen? Und wenn meine Schwester Rot anhatte, dann hatte ich Blau an, so war das, und doch waren wir gleich. Manchmal jagte uns die Mutter ins Haus, und wir schlossen Fenster und Türen, weil ein Auto DDT auf die Straßen und in die Gärten sprühte. Das war das DDT-Auto, und es heulte. Aber wir ernteten die Weintrauben von unserer Ranke und machten daraus Saft. Unsere Schildkröte folgte uns durch den Garten, und die schwarzen Ameisen hatten drei Hauptstraßen. Ich sammelte Schnecken in einem Glas, und unsere Tauben kehrten vor Sonnenuntergang nach Hause zurück. Einmal kochte uns Mutter eine finnische Zwiebelsuppe aus einer Tüte, die sie aufgespart hatte, und genau da fielen von der Decke Würmer in den Topf, und die Suppe war verdorben. Genau wie in dem tschechischen Film, den ich nicht hätte sehen sollen, wo sich ein alter Mann mit einem kleinen Jungen anfreundet und ihm ein feines Essen kocht, aber dann kommt der Junge nicht, und der Mann wartet den ganzen Abend, ohne die Kerzen zu löschen. Oder der frühe Morgen, als Mutters Mutter uns das Frühstück bereitete, zu dem es Pökelfleisch gab, denn das war kein Schweinefleisch, aber wir hatten es so eilig, nach Ägypten zu fliegen, dass wir nichts mehr essen konnten, und diese Dinge werden Jahr für Jahr mehr, der alte Mann allein auf der Restaurantterrasse, ein alter Mann dürfte in Venedig nicht allein sein müssen, das gehört sich nicht, und der junge Mann im weißen Anzug, zu groß, zu weiß, der blasse junge Mann, und auch zwischen seinen langen Fingern verkümmernde Blumen. Auf der Visitenkarte meines Vaters stand *Senior Water Resources Consultant*, und im Sommer versuchte ich ihm mit meiner Plastikschaufel am Strand zu helfen, Grundwasser zu finden. Manchmal wurden vom Meer tote Quallen angespült, unmittelbar neben mir, dann erschrak ich, oder von den Wellen drang mir etwas in die Nase. Ich fand Wasser, aber es war salzig, und ich begab mich weiter weg vom Meer, worauf ich tiefer graben musste. Wenn ich nachts über die Grenzen des Universums nachdachte, wo alles endet und was dahinter sein könnte, machte mir das nur einen Augenblick lang Angst, denn ich war sicher, ich würde es verstehen, sobald ich nur ein bisschen größer würde.

In der Schule lernte ich, dass Ägypten der Nabel der Welt ist. Ich lernte auch, dass die Sahara ein anmutiger, blühender Garten gewesen war, einer wie in den Märchen aus Tausendundeiner Nacht, bis die Römer dort Salz säten und alles austrocknete. Der Lehrer war ein ehemaliger Kampfflieger, er hatte gegen Israel gekämpft, und eine seiner Hände war unförmig geschwollen. Als ich die finnische Staatsbürgerschaft erhielt, wurde ich von seinen Stunden befreit und musste auch nicht mehr morgens die Fahne grüßen. Mein Vater bot allen seine Visitenkarte an, wie ein Japaner, und wir schämten uns. Mein Vater musste manchmal in der Wüste übernachten. Einmal wachte er morgens auf, und die gesamte Zeltbahn war von innen mit schwarzen Skorpionen bedeckt. Er schlich leise aus dem Zelt, mein Vater, er fürchtete sich vor nichts. Einmal löste sich der Rotor vom Helikopter meines Vaters, und die Maschine fiel in die Dünen. Niemand starb. Aber Vater und seine Kollegen mussten viele Tage ohne Essen und Trinken in der Wüste verbringen. Sie blieben in der Nähe der Maschine, das war Vaters Vorschlag, in der Wüste soll man nicht loslaufen, wenn man nicht weiß, wo man ist, und sie verbrannten ihre Kleider, um Zeichen zu geben. Als sie gerettet wurden, gab man ihnen nicht sofort Wasser, denn ihre Kehlen hätten es nicht verkraftet. Zuerst gab man ihnen Öl aus Sesamsamen. Einmal schlief mein Vater in seinem Jeep ein, und als er aufwachte, saß eine fürchterliche

Giftspinne auf seinem Bauch. Er tötete sie mit einem großen Stein. Vater brachte süße Apfelsinen aus Oasen mit, sie waren kleiner als die üblichen Apfelsinen, aber viel süßer. Er brachte viele Kilo davon mit, und Mutter presste daraus viele Liter Saft, und nach seinen Reisen schrie Vater viele Tage lang nicht. In seiner Jugend hatte mein Vater in Amerika studiert. Frank Sinatra sang für ihn Happy Birthday. Er erledigte Gartenarbeiten, um Taschengeld zu bekommen. Er lernte Son of a Bitch zu sagen. Er war 1968 in Prag und erinnerte sich nur an die blühenden Kirschbäume. Mein Vater war auf Dienstreise, als er Mutter im Zug erblickte, er klopfte an die Tür ihres Abteils und trat ein.

7.

Meine Mutter hatte große, hellblaue Augen. Später kam Grau hinzu, und das war die Regenwolke, die nie rechtzeitig wich. Doch als sie meinem Vater begegnete, badeten ihre Augen in der Sonne, sie suchten das Licht der Sonne, um zu strahlen. Und mein Vater suchte nicht unter der Erde nach Öl, um zum Beispiel einen Vergleich mit teurem Samt anzustellen, oder mit den Augen seiner eigenen Schwester, oder mit Nächten, an die er sich unter keinen Umständen mehr erinnern mochte, oder mit Haaren, so schwarz, dass sie fast blau sind, nein, er suchte nicht nach Öl, sondern nach Wasser, er suchte unter der Erde nach Quellen, von denen er wusste, dass es sie im Himmel gab, Quellen, die im Tageslicht funkelten wie Diamanten, die man nicht gegen Geld eintauschen kann, Diamanten, die leichter und heller und auch größer sind als solche, die man gemeinhin für echt hält, Quellen, vor denen die Gläubigen Wein aus goldenen

Kelchen trinken werden, von Engeln kredenzt. Mein Vater war Hydrogeologe, er forschte nach Wasser, er untersuchte die Mineralien im Boden, die Gesteinstypen, er untersuchte die Geländeformationen, er hörte den Erzählungen der Beduinen mit geneigtem Kopf zu und ahmte lächelnd ihren Dialekt nach, auf seine charmante Art, auf seine eigene Art, auf seine hochmütige Art, und wenn er die mit Erde überzogenen Apfelsinen wusch, bat er Gott, sie möchten rein werden, er gab eine Essenz, die aus den Blütenblättern von Rosen gepresst worden war, ins Trinkwasser und brach damit sein Fasten an jedem Abend des Ramadan, und er erzählte mir, dass es der Prophet genauso gemacht hatte, allerdings zweifle ich daran, denn wo hätte der Prophet Rosen herbekommen sollen, Datteln ja, und Heuschrecken, und mein Vater goss die Topfpflanzen auf dem Balkon mit einer kleinen grünen Kanne aus Plastik, und wenn er sich bückte, tat ihm der Rücken weh, denn er war kein junger Mann mehr. Im heißen Wasser werden die Krebse rot, und sie lassen so gut wie nichts durch ihren Panzer dringen. Meine Mutter kam aus dem Wasser, sie wurde im Zeichen des Krebses geboren. Und die aus dem Wasser kommen, sind besonders bezaubernd, das sagen auch die Sterne, ihre langen, langen Haare verschleiern sie, und ihr Gesicht leuchtet, und sie können einem zum Beispiel am Ärmel hängen, sie hängen da und weinen und ihren Augen gehen die Tränen nicht aus, und manchmal versetzt sie das selbst in Erstaunen, an Land sind sie ein wenig außer Atem, und ich habe so eine Freundin, deren Schmerz man nicht sieht, wenn man ihn nicht kennt, und sie singt wie eine Meerjungfrau, und so war meine Mutter, oft saß sie hinter ihrem Buch, und keine Seite wurde umgeblättert, die graue Wolke wich nicht, und ihre Haare waren im Kindbett dunkler geworden. Aber mein Vater konnte nicht schwimmen. Manchmal hört man in Musik eine ähnliche Dissonanz, und das ist grausam und Genuss bringend zugleich, man spürt es im Rücken und in den Fingerspitzen, es legt die Stirn in Falten, und wenn die Augen geschlossen sind, gehen sie auf und weiten sich, aber wenn sie offen sind, schließen sie sich und werden fest zugedrückt, und es ist doch sehr verständlich, dass sich mein Vater dafür schämte, und dass uns das zum Lachen brachte, und jetzt weiß ich nicht, was ich darüber denken soll. All ihren Schmuck hat meine Mutter im Lauf der Jahre hergeben müssen, ihren hellblauen Aquamarinring jedoch hat sie nie hergegeben. Dieser Ring, er würde keiner anderen stehen, eines Tages werde ich ihn noch ins Meer werfen. Als Vater an die Abteiltür klopfte, richtete meine Mutter ihre großen hellblauen Augen auf ihn.

Und als mein Vater sagte: mein Name ist Ismael, und mein Name bedeutet die innigste Hoffnung des Menschen, sagte meine Mutter: mein Name ist Anu, das bedeutet nichts, erzähle du mir, was er bedeuten könnte.

Definiere mich. Zeichne mich, denn ich kann es selbst nicht tun. Umgrenze mich, ich bin, was du willst. Und mein Vater, nun, er hätte gar keine Frau anderer Art haben wollen.

Ich und meine Schwester, wir haben lange, gelockte Haare und wir benutzen viel Parfüm und wir lachen lauter als die anderen. Das ist wichtig, das ist wichtiger als alles andere, und das ins Zimmer dringende blaue Licht, das ist das Blau der Nacht und das Blau des Mondes, und all dieses Hellblau, diese tausend Seen, diese Artigkeit, ich für meinen Teil schwimme lieber im Meer.

8.

Das Abteilfenster beschirmte ein zerfetzter, bräunlicher Vorhang, ausgeblichen von der hellen Sonne und der Zeit. In Ägypten kann es durchaus vorkommen, dass der erste Windhauch des Abends, wenn die Sonne anfängt zu sinken, den Vorhang bewegt, der stundenlang leblos da hing, und genau in diesem Moment ertönt aus der nächsten Moschee der Ruf zum Gebet. Bald hört man ihn aus vier Moscheen, aus fünf Moscheen, und das macht überhaupt nichts. Dann kann es einem vorkommen, als gäbe es so vieles, was es noch nicht gegeben hat, und zugleich kann es einem vorkommen, als gäbe es doch nichts anderes, denn alles bleibt letztlich hinter der Melodie zurück, die von der Spitze des Minaretts erklingt, die hohen Häuser, deren Rohre lecken und deren Fundamente schwach und brüchig sind, die Balkone, auf deren Geländer man sich nicht stützen sollte, die kaputten Aufzüge und die leeren

Grundstücke, wo die Müllsäcke neues Leben entstehen lassen, die Straßen, auf denen das Abwasser steht, die Fliegen, und die Ratten, die durch die kleinsten Fenster klettern und finnische Frauen erschrecken, deren Haut in der Sonne verbrannt ist, und finnische Männer in ihren hellblauen Hemden, wie Luft, nichts Schweres, nein, und oh, was für eine Sehnsucht dann, nach Birken und allem anderen Zierlichen, Zarten, aber der Ruf zum Gebet, er ertönt von vielen Moscheen, er dringt in alle Ohren, er deckt alles unter sich zu, und nichts, nichts anderes existiert, wenn die Sonne in Kairo unterzugehen beginnt und Platz schafft für die heraufziehende Nacht.

Falls sich der Vorhang bewegte, als mein Vater eintrat, wurde es einen Moment lang heller im Abteil, ein warmer gelber Blitz durch den in der Luft schwebenden Staub, er steckte die Haare meiner Mutter in Brand und wärmte ihre Augen, machte sie sommerlich, dass man hineinwaten konnte, und ein kleiner Windhauch kühlte ihre verbrannten Arme und bog ihre Mundwinkel nach oben, zu einem Lächeln, und ich bin sicher, wenn Mutter ihr kleines Lächeln lächelte, spürte Vater, dass es so vieles gibt, was es noch nicht gegeben hat, zugleich jedoch, dass es doch nichts anderes gibt, und aus dem Aschenbecher flog Asche auf den schmutzigen Boden, und dann war das Licht wieder gedämpft, und im Abteil nebenan sprach ein amerikanischer Mann zu seiner jungen Frau darüber, wie groß alles ist, und wie alt, und der Zug drosselte die Geschwindigkeit an einem Bahnhof, an dem er nicht hielt, und eine Krähe flog rechtzeitig von den Schienen auf.

9.

Jetzt ist August, und die Felsen haben sich erwärmt. Es gibt honigsüße Abende, an denen wir zusammenkommen, um zu essen und zu trinken, ich und all meine Freunde, und noch weint kein einziges Kind. Honigsüße Abende, davon habe ich gelesen und auch geträumt, wir machen sie uns selbst, und niemand anders erzählt davon, das wollten wir auch gar nicht. Schilf hat sich in der Bucht ausgebreitet, und am Nachmittag ist das Wasser grün. Es gibt so viele Gerüche, dass sie sich vermischen, und wir werden davon ganz fröhlich. Die Libellen sind so sehr angeschwollen, dass sie wahrscheinlich bald explodieren wie alte Sterne. Unsere Wangen sind nach dem Tag rot, und wir schauen tagelang nicht in den Spiegel. Wir haben weniger Angst als zuvor, wir lachen mehr als zuvor, wir schauen einander in die Augen und womöglich weinen wir auch.

So ist diese Stadt meine Stadt geworden. Ich sehe sie

mit eigenen Augen. Es gibt Plätze, die ich jeden Tag aufsuche, das sind meine Plätze. Diese Straßen sind meine Straßen, und ich und meine Freunde, wir wohnen allein und können das. Wir haben Hunde und Kinder und Zimmerpflanzen, und das ist nicht mehr bloß ein Spiel.

Aber im Winter, als noch nichts lebte, klirrten die Tage wie Kristall und es brauste zu sehr in den Ohren. Dann hielten auch die dicken Wände die Kälte nicht außen vor, und ich nahm aus einem Lokal einen alten Mann mit nach Hause, und er redete von seiner Frau, und ich merkte erst in meinem Wohnzimmer, dass er faltig und grau war. Also bat ich ihn zu gehen und war wieder allein.

10.

Einige Jahre bevor meine Mutter meinem Vater begegnete, einige Jahre bevor sie beschloss, alles Alte wegzuwerfen, den Staub und die Erinnerungen, schlechte Dinge beides, einige Jahre bevor meine Mutter aufhörte, sich vor dem Licht zu schützen, einige Jahre zuvor war meine Mutter auf die Kanarischen Inseln in Urlaub gefahren. Sie wollte allein sein, und das konnte sie, mancher Mann hatte unter ihrem Fenster gesungen, dennoch hatte keiner in ihr Haar gefasst. Es gibt Leute, die fahren mit dem Fahrrad gegen den Wind an, sogar gegen den Regen, und dann fühlen sie sich, als würden sie fliegen. Aber meine Mutter, sie wollte keinen herausfordern, nicht sich selbst und nicht den Wind, meine Mutter, sie wandte ihr Gesicht der Sonne zu. Am ersten Abend zog sie einen Hosenanzug an, der eng und silbern war und überall funkelte. Ich und meine Schwester, wir haben nie in dieses Kleidungsstück hineingepasst, es ist eine Herausforderung, der wir nicht mehr zu begegnen versuchen, eine Herausforderung, der wir gar nicht begegnen wollen, eine Herausforderung, der wir nie begegnen wollen dürfen, niemals. Eine hellrote Perücke trug meine Mutter, die Sandalen waren ebenfalls silbern. Und die Männer, alle möglichen, sie drehten sich nach ihr um und liefen ihr nach wie Hunde.

Als mein Vater meine Mutter zum ersten Mal sah, war Mutter ganz und gar anders. Ein Baumwollkleid trug meine Mutter an jenem Tag, es war weit und ärmellos, man sah die Knochen darunter, so dünn war es, und es hatte breite weiße und hellgrüne Streifen, wie auf der Fahne von Nigeria. Ihre Arme, hell wie Vanilleeis damals, von Griechen hergestelltes, sie waren schmal wie bei einem jungen Mädchen. Überhaupt kein Schmuck, und die hellen, hellen Haare im Nacken fest zusammen. Die Sandalen meiner Mutter an jenem Tag, sie waren aus weißem Stoff, und ihre Nägel, sie hatten ihre eigene Farbe. Mein Vater erinnerte sich an all das nach Jahren, zu genau vielleicht, schließlich hatte er Mutter damals noch nicht gekannt, oder kannte er sie damals vielleicht und erst später nicht mehr? Aber ist Mutter nicht auch erst später schöner geworden, wäre es nicht in jeder Hinsicht gerechter gewesen, wenn der Vater die Mutter Tag für Tag schöner gesehen hätte, wenn die alten Erinnerungen den neuen Platz gemacht hätten, hatte sich Mutter deshalb nicht erinnern wollen, erinnerte sich Mutter deshalb nicht?

Als mein Vater meine Mutter zum ersten Mal sah, sah er einen Engel. Und das ist kein Sinnbild, er schaute nicht in das Abteil mit dem gedämpften Licht und stellte fest, diese Frau gleicht einem Engel oder diese Frau hat ein engelhaftes Gesicht, sondern er schaute in das Abteil mit dem gedämpften Licht und stellte fest: dort sitzt ein Engel. Ein für allemal. Ich denke mir diese Dinge nicht aus, ich erfinde sie nicht und ziehe keine Schlussfolgerungen, das brauche ich nicht, denn so erzählte es mir mein Vater, nicht einmal, nicht zweimal, sondern viele Male, wenn wir gegessen hatten und die Sonne untergegangen war und als alles noch gut war. Und dieser Moment war wie eine religiöse Erleuchtung, die Bekehrung zum Glauben, vielleicht war es auch eine religiöse Erleuchtung, vielleicht war es eine Bekehrung zum Glauben, und es erinnerte an den ersten Sonnentag im Frühjahr. Eigentlich kann man einen solchen Moment nicht beschreiben, er liegt hinter den Wörtern und ist viel größer als sie. Als mein Vater meine Mutter sah, sah er einen Engel.

Meine Mutter sprach nie von Engeln. Für sie waren Himmel und Hölle hier und nicht dort, und sie wusste, wovon sie sprach, denn sie betrachtete mit meinem Vater die Sterne auf der südlichsten Spitze Indiens, und Vater schrieb ihrer beider Namen in den Sand, und da dachte meine Mutter: dies ist der Himmel, von dem erzählt wird. Aber in Saudi-Arabien riefen ihr die Männer aus offenen Autofenstern hinterher, um das Haus lief eine hohe Mauer, und Freunde gab es überhaupt nicht, und Vater arbeitete bis zum Abend, und da dachte meine Mutter: das muss die Hölle sein, dieser heiße Ort, wo man nicht einmal mit Bier den Geist beleben kann.

Aber mein Vater glaubte, dass Himmel und Hölle dort sind, und hier ist das irdische Leben, das endet, und dann warten alle auf den Tag des Gerichts, und die Moslems gelangen ins Paradies, aber wenn sie keine guten Moslems sind, kommen sie für kurze Zeit in die Hölle und dann von dort ins Paradies, und auch die Christen und die Juden gelangen ins Paradies, wenn auch in andere Abteilungen als die Moslems, und wenn sie keine guten Christen oder Juden gewesen sind, kommen sie für kurze Zeit in die Hölle und von dort dann ins Paradies, aber alle anderen, alle Hindus und Buddhisten und Kommunisten kommen in die Hölle und nie mehr heraus, denn sie haben auf der Erde vom wahren Gott gehört, ihm aber den Rücken gekehrt, und selbstverständlich, hätten sie nicht vom wahren Gott gehört, wäre ihnen Gott gnädig, und ich fragte, kommt Mutter in einen anderen Himmel als wir, und Vater antwortete, ja, und ich dachte, wenn die Hölle für alle gemeinsam ist, möchte ich lieber dorthin. Vater erzählte von den Quellen des Paradieses, die strömen, und in ihnen fließt alkoholfreier Wein, und die Engel kredenzen ihn den Gläubigen, und ich fragte, wer sind die Engel, und Vater sagte, es sind

Frauen, und ich wünschte, ich könnte ein Mann sein. Und Vater erzählte mir von den Engeln. Sie trugen weiße Kleider, auf denen auch Grün zu sehen war, denn Weiß und Grün waren die Lieblingsfarben des Propheten, und ich fragte: woher weißt du das, und Vater sagte, so steht es geschrieben. Und sie haben lange blonde Haare, bis zu den Knien, und sie sind ebenso groß wie die Männer und sie lächeln, und von ihnen strahlt Licht aus, und die Sonne sei ohnehin schon am Tag des Jüngsten Gerichts zerstört worden. Und einmal malte ich Gott, und die Engel dienten ihm und banden ihm die Schuhe, und Vater wurde böse auf mich und verlangte von mir, das Bild zu zerreißen. Gott ist zu groß, um ihn abzubilden, und man muss auch nicht alles laut sagen. Und als mein Vater meine Mutter sah, sah er Weiß und er sah Hellgrün, er sah die Hände, durch die das Licht drang, so dünn und hell waren sie damals, und er sah die Haare, die nicht gelb waren und nicht weiß, sondern von der Farbe des Lichts, und im Gang des Zuges war es heller als im Abteil, denn der Vorhang war vor dem Fenster, und mein Vater trat vom hellen Gang ins Dämmerige, und er hatte nur wenig geschlafen, um den Zug zu erreichen, und er war dreiundvierzig Jahre alt und hatte so lang allein gelebt, und die ägyptischen Frauen, ihre Haut atmet nicht, und sie schimmern, sie sind mehr hier als dort, sie sind ganz und gar hier, sie duften hier und kochen gut, und wenn sie eine Mango essen, rinnt ihnen der Saft über die Finger auf den Teller und befleckt ihre Münder, sie saugen auch das Mark aus den Knochen und lachen hinter den Knochen, sie sind keine Engel und sie lachen ganz und gar, sie sind weich wie Pfirsiche, und ihre Haare sind dick und schwarz, so schwarz, dass sie beinahe blau sind, und von ihnen geht kein Licht aus, sondern nachts leuchten ihre Wangen wie der Mond, und der Mond macht verrückt, er macht einen Mann verrückt, der nicht alt ist, aber auch nicht mehr jung, und irgendwohin müsste man gelangen, etwas fehlt, fehlt, etwas fehlt. Etwas fehlt.

II.

Wenn meine Mutter auch ein Engel war – wie könnte ich das wissen, und zu viel Zweifel zehrt –, so war sie doch auch ein Mensch. Als sie nicht aß, magerte sie ab, und ihre Entzündung heilte nicht mehr. Die Zellen meiner Mutter wurden von anderen Zellen zerstört, und warum überhaupt von Engeln reden, da es doch Menschen gibt, da die Zellen eines Menschen von anderen Zellen zerstört werden, da der Saft einer Mango über die Finger auf den Teller rinnt und die Lippen befleckt, und da es passieren kann, dass man seine eigenen Haare im Nacken spürt, oder da der indische Mann seinen Teller leer isst und mit vollem Mund spricht und mit den Händen fuchtelt, und da er den Kopf senkt, seine langen Wimpern. Warum von Engeln reden, wenn der indische Mann seine Jacke über den Stuhl wirft und die Zeitung und den Schlüsselbund aus der Hand legt und sagt, komm jetzt her und vergiss den Kaffee. Und manchmal liege ich auf dem Fußboden und bin fünfzehn Jahre jünger als jetzt, ich stelle es mir nicht nur vor, sondern bin es tatsächlich, und ich spüre den Fußboden auf der Haut, wie viel bin ich dann und wie wenig zugleich. Warum über Engel reden, wenn die Sonne nach dem Winter auf der Wand spielt, nach dem langen, langen Winter, und wenn alles nach dem langen Winter wieder gut ist.

Warum über Engel reden, wenn der Wassersucher sich krümmt vor Wassermangel und anfängt zu schreien. Denn in Ägypten fing mein Vater an zu schreien. Zusammen ist es schön, fremde Sterne zu betrachten, zusammen ist es schön, vorsichtig zu kosten, überrascht zu werden, zusammen kann man irritiert sein und sich wundern, aber in Ägypten verstand mein Vater alles, und Mutter verstand nichts, und Mutters Augen, sie wurden allmählich von einer gelben Farbe getrübt, und Gelb ist eine schauerliche Farbe, es ist die Farbe des Wahnsinns. Mein Vater fing an zu schreien, und es gab so wenig Wasser und so viele Fliegen, so wenig Platz und viel zu viele Erinnerungen, denn auch wenn mein Vater kein junger Mann mehr war, so ist doch niemand, niemand so alt, sich nicht manchmal viel jünger zu fühlen, nicht manchmal Echos zu hören, Echos von fern. Mein Vater war in seiner Heimat, und meine Mutter war in einem fremden Land. Mein Vater fing an zu schreien, und der Schrei hörte nicht mehr auf. Mein Vater schrie, und hinter seiner Stimme hörten wir andere Stimmen, aber wenn wir auf den Friedhof gingen, gab es dort nur Sand und Kakteen, die Toten lagen unter dem Sand, und kein Stein als Zeichen, und auch kein einziges Eichhörnchen.

Wir schauten die Olympiade im Fernsehen an, Mutter durfte nicht vom Bett aufstehen, so krank war sie damals schon, noch keine Geschwulste, nur dieses Gelbliche in den Augen.

Mein Vater schrie den Hausmeister an. Obwohl wir im vierten Stock wohnten und der Hausmeister in der Garage, er und seine Familie, seine Kinder, die Läuse in den Haaren hatten und Fliegen in den Augen, und mit denen wir nicht spielen durften, wir hörten, dass Vater nach Hause kam. Mein Vater schrie seine Schwester an, die nicht die Tür aufmachte, seine Schwester, die hinter sieben Schlössern lebte und die ihre Nachthemden trug, bis sie Fetzen waren, und die nie allein aus dem Haus ging, und die eine Wunde am Bein hatte, die nicht heilte, und die neue Kleider in Zeitungspapier wickelte und nie anzog, mein Vater schrie seine Schwester durch die verschlossene Tür an, und aus den anderen Wohnungen drang kein Laut, alle horchten, und ich und meine Schwester, wir warteten, dass er aufhörte. Mein Vater schrie die Menschen an, die die Verkehrsregeln brachen. Er hielt einen LKW der Armee an und befahl dem Fahrer auszusteigen und schlug ihm ins Gesicht. Mein Vater schrie mich an, er schrie mich und meine Schwester an. Mein Vater schrie auch meine Mutter an.

Meine Mutter sagte zu meinem Vater: schrei mich nicht an, ich bin krank. Früher warst du anders. Der Zitronensaft und auch sonst. Fern die Mutter, fern von zu Hause, und dort die Birken und die Seen und Musik, die man versteht. Meine Kinder in fremden Kleidern, dachte meine Mutter, als sie im Dunkeln lag, fremde Dinge lernen sie in fremden Sprachen und fremde Gesten haben sie, meine Gesten nicht mehr. Fremdes, gelbes Fieber, kalt auch bei Fieber in der Hitze, und meine Kinder, ich bringe sie fort von hier, wenn ich nur gesund werde, ich bringe sie fort von hier und kehre nie mehr zurück. Meine Kinder, schrei sie nicht an, sei nicht böse auf sie. Meine Mutter lag ein Jahr in dem dunklen Zimmer, ein langes Jahr Gelb in den Augen, wir hätten nicht nach Ägypten ziehen sollen, wir hätten nicht nach Ägypten ziehen sollen, Gespenster, Gespenster und Stimmen von fern, und meine Mutter, sie hatte Angst zu sterben. Mein Vater, er fing an gebückt zu gehen, Falten, neue Falten auf Vaters und Mutters Stirn, und ich spielte nicht mehr.

Aber manchmal kaufte mein Vater frische Weinblätter. Er saß in seinem Pyjama auf einem Hocker mitten in der Küche und füllte sie, und dabei vergingen viele Stunden. Er betete, wenn er eine Wassermelone spaltete, sie möge innen dunkelrot sein, und ihre Kerne mögen schwarz sein, fast blau. Und während er schnitt, fragte er uns, wessen Gesicht, und wir riefen, meins, meins, und Vater wählte eine von uns aus, gerecht, er wusste, wen er beim letzten Mal gewählt hatte, mein Vater, er wusste was wichtig ist, er kaufte uns echte Abziehbilder als Mitbringsel, und wenn die Melone innen dunkelrot war und ihre Kerne schwarz, fast blau waren, sagte er zu einer von uns, schau, was für ein schönes Gesicht du hast. Und manchmal, wenn wir von der Schule nach Hause fuhren, wenn es staubig und heiß war, kauften wir Cola auf der Straße, der Händler nahm die Flaschen aus einem Bottich mit zerstoßenem Eis. Dann wischte Vater die Flaschenöffnungen mit seinem Taschentuch ab, und wenn wir alles getrunken hatten, sagte er: mit Gesundheit und mit Freude, und wir fuhren weiter. Und wenn meine Schwester acht Löffel Zucker in ihren Tee gab, zupfte sie mein Vater zärtlich an der Wange und sagte: dieses Mädchen wird es zu etwas bringen. Und ich und Mutter, wir rührten in unserem schwarzen Kaffee, wir rührten in unserem schwarzen Kaffee.

Du hast zugenommen, sagt der indische Mann. Habe ich nicht. Das war ein Kompliment, jetzt siehst du wieder aus wie du. Der indische Mann, mein Bruder, niemand sonst, niemand. Der indische Mann, er weint nur mit einem Auge, und so bin auch ich nur halb hier und halb anderswo. Warum über Engel reden, da es doch Menschen gibt und süße Getränke. Jetzt ist August, und ich bin nicht mehr allein.

12.

Manchmal liegen die auf Postkarten gemalten hellroten Rosen auf einer weißen Fläche, dann kann ich jede Linie und Farbe sehen, ich kann sie betrachten und das Bild im Licht hin und her wenden, ich kann eine Telefonnummer oder eine Uhrzeit an den Rand der Karte schreiben, ich kann das Weinglas darauf stellen, damit der Tisch keine Flecken bekommt. Manchmal aber zappelt der Fisch des Fischers nach Jahren noch an der Angelschnur, wenn das Postkartenbild schon vergilbt ist, und er zappelt derart, dass ich Angst habe, er könnte ins Wasser fallen, und manchmal sehe ich genauso aus wie Jahre zuvor, und der indische Mann bemerkt das und weist verstohlen darauf hin, und das kommt mir vor wie ein Weihnachtsgeschenk, das ich gerade aufgemacht habe, und dabei legt er seine Zeitung und seinen Schlüsselbund auf den Tisch, und wir reden über das, was wir den Tag über getan haben, nichts Schönes, wirklich nicht.

Der indische Mann, mein Freund, der indische Mann, er war da, als ich geboren wurde, an dem Ort, wo ich geboren wurde, der indische Mann, ich höre seine Schritte auf der Treppe, nicht immer ist er allein, und das macht überhaupt nichts. Der indische Mann, er sagt zu mir: hab keine Angst, und ich habe keine Angst mehr.

Manchmal, wenn ich spät nach Hause komme und betrunken bin und ganz allein, wenn es draußen regnerisch ist und kalt, will ich noch nicht schlafen gehen. Dann kann ich auf dem kalten Fußboden liegen und an den Tag denken, an die Zeitung und den Schlüsselbund und den Duft, der im Treppenhaus schwebt, nur eine Weile, aber lang genug. Und dann bin ich nicht mehr das Kind von zwei Menschen, und das ist überhaupt nicht traurig, auch nicht beängstigend, sondern einzig und allein gut. Dann bedeuten die Sterne der beiden nichts mehr, ich erinnere mich kaum daran, und dann wünsche ich mir, kommt nicht zurück, lasst mich endlich in Ruhe.

Eine Apfelsine aber kann ich auf zwei Arten schälen, und damit man eine Wassermelone essen kann, muss man sie spalten, und im Winter, wenn der Himmel beängstigend hoch ist, wenn der Wind in der Stadt zugenommen hat, im Winter schreie ich leise, bindet meine Hände und meine Augen, bindet mich ans Bett und lasst mich wenigstens kurze Zeit allein, und dabei weiß ich, auch das würde nicht helfen, denn selbst wenn ich schliefe, so könnte ich doch träumen, und es gibt kein

Land, das so weit weg wäre, dass alles anders wäre, und keine Freunde, die nicht manchmal sagen würden: ich mag heute nicht, ich bin müde, und am ersten Tag des Frühlings stellte ich fest, wie schmuddelig mein Mantel während des Winters geworden war, und die fremdgegangene Sonne schien zu stark und auf merkwürdige Stellen, und da mussten die Dinge noch einmal neu überdacht werden, und manchmal, wenn ein Teller kaputt geht, kann ich neue kaufen, solche, die ich nicht geerbt habe, die noch keine Kratzer haben, aber das sind trotzdem nur Äußerlichkeiten, das hilft nur kurz, und in der Nacht rief jemand aus der Verwandtschaft von einer unbekannten Nummer aus an, und da spürte ich, dass mein Kopf sich leise senkte, obwohl der Sommer noch nicht einmal begonnen hatte, und so etwas darf natürlich nicht passieren, aber der Fisch kann an der Angelschnur zappeln wie vor Jahren, und ich kann Bilder von mir selbst an die Wand hängen, nur von mir und Freunden, die ich am nächsten Tag anrufen kann, und es gibt Zeiten, in denen man sich trauen muss, egoistisch zu sein, und dann sind meine Hände meine Hände, meine Nase ist meine Nase, und leise kommt der Schrei: ich bin niemandes Kind mehr.

13.

Meine Mutter hatte große hellblaue Augen. Als mein Vater in diese Augen schaute, begriff er nicht, dass in Finnland die Sonne im Winter tief steht und nur selten wärmt. Dass die Seen trübe sind, ihr Grund besteht aus braunem und grünem Schlamm, und dass auch das Meer fast süß ist und im Schilf fette Hechte lauern. Dass die Seen normalerweise zugefroren sind, und selbst der weißeste Sand kann nicht so weiß sein wie der Schnee, und Weiß macht von allen Farben die meiste Angst, es ist die Farbe des Todes, und dass das Wasser auch im Sommer kalt ist. Dass man nach der Sauna schwimmen geht, glitschige Stege und morsche Stufen, morsche und schimmelige Geländer und Rost und trübes, grünes Wasser, in dem man nicht waten kann, sondern wo man sofort ganz hinein muss. Es gibt kein Land, in dem es nicht etwas Irreführendes gibt, aber in Finnland ist der Sommer so weit weg vom Winter, dass es außerordentlich leicht ist, sich zu irren. Mein Vater begriff nicht, dass in Finnland leise und auf Finnisch über seltsame Dinge gelacht wird, dass die Kinder nicht lächeln, wenn sie keine Lust dazu haben, auch die Erwachsenen nicht, und dass im Norden die Menschen so spärlich sind, dass sie an Einsamkeit sterben, denn der Mensch lebt nicht ohne einen anderen Menschen, und das Gemüse wird in den Geschäften gewaschen und in Plastik verpackt, und die Wassermelone ist blass wie eine kranke Tochter, ihre Kerne nur Andeutungen. Mein Vater begriff nicht, dass auch der Mond einen anderen Stand hat, dass alle Straßen auf der Karte verzeichnet sind, und dass man im Kaufhaus nicht feilscht. Die Zugvögel aber fliegen vom Norden in den Süden, und wenn sie ankommen, werden sie mit großen Netzen gefangen und mit Zwiebeln gefüllt. Die Augen meiner Mutter wurden grau, bis sie schließlich ganz verkümmerte.

Meine Mutter schaute meinen Vater damals nicht an, als er das Abteil betrat. Meine Mutter richtete die Augen auf meinen Vater und sah sich selbst mit den Augen meines Vaters. Meine Mutter machte sich zum Gegenstand für den Blick meines Vaters. Ich habe es einmal genauso gemacht und habe hingeschaut, wie meine Hand den schwarzen Kaffee rührte, und meine Finger, wie eine Zigarette zwischen ihnen Platz nahm, der Abdruck meines Lippenstifts am Filter, und trotzdem ist es ganz klar, wenn der indische Mann herunterschaut, seine Wimpern und auf den Lippen das verweilende Lächeln nach dem Lachen, sein stiller Nachhall, dann ist es ganz gleich, was meine Hände oder meine Finger tun, ganz und gar. Die Augen meines Vaters waren braun, aber sie wurden jedesmal heller, wenn er böse war, sie quollen hervor, wie sein roter Mund, aus dem die Spucke flog, und die Falten an denselben Stellen wie bei mir und an anderen Stellen als bei meiner Mutter, und ich denke manchmal, mein Vater und ich, wir sind gleich.

Denn ich öffne meine Augen weit und schaue selbst, und wenn ich dann schaue, sieht es nach mir aus, ich weiß es. Der indische Mann schreit: Viren sind wir, warum wollen wir leben, wie vermehren uns nur und sterben, Viren sind wir, Viren, und ich höre seine Worte trotzdem nicht, sondern schaue auf seine Augenbrauen, wie sie sich einander nähern und fast eins sind, und wenn er mit der Faust auf meinen Tisch schlägt, schaue ich hin und spüre mein Herz anschwellen. Ich schaue und suche meinen Namen in einem Buch, damit ich zu erzählen weiß, was er bedeutet. Ich schaue selbst.

14.

Als mein Vater meine Mutter zum ersten Mal sah, dachte er: das ist keine Frau, das ist ein Engel. Und Mutter sah sich selbst in Vaters Augen, denn genau in jenem Moment waren sie braun wie Erde, so viel Stoff für Wachstum und Entwicklung, und Mutter hatte sich nur einmal schöner gefühlt, und das war schon viele Jahre her, da war es Sommer, und sie ging am Rand des Marktes entlang, und das Diplomatenauto verlangsamte die Geschwindigkeit neben ihr, und der arabische Mann schaute sie eine Weile durch das offene Fenster an. Und Engel essen nicht, denn ihr Körper besteht aus Luft und Phantasie, sie haben keine Zellen, die andere Zellen zerstören, und Engel werden nicht krank, ihre Haare werden auch im Kindbett nicht dunkler, denn sie gebären nicht und schreien nicht in ihrem Schmerz über Blut und reißende Haut, und meine Mutter sagte, Männer brauchen nicht bei der Geburt dabei zu sein, sie verstehe nicht, warum sie dabei sein sollten, und ich war lange derselben Meinung, natürlich, aber ich bin es nicht mehr. Und meine Mutter sagte: Wenn man nur nicht essen müsste, wenn man eine Tablette nehmen könnte, die den Hunger vertriebe und einen am Leben hielte, aber als mein Vater nach Finnland kam, waren seine Koffer voller Essen, die Früchte hatte er in verschlossenen Plastiktüten verpackt, und manchmal, wenn die anderen schon fertig waren, blieb ich am Esstisch sitzen, um Wassermelone zu essen, ich aß Scheibe um Scheibe, und Vater strich mir über den Kopf und akzeptierte mich ganz und gar. Öl ist dick und heiß, es drängt aus der Erde wie Lava, und sein Geruch bleibt lang in der Nase, und Parfüm kann genauso sein, wenn es zu viel ist, und es hat seinen Reiz, wenn jemand zu viel Parfüm benutzt, es sagt etwas, auch wenn es zu wenig ist, und die Parfümflakons meiner Mutter sammelten Staub, ihr Duft verblasste und verflog, und ich habe einen Freund, der ist genauso, seine Augen wachsen immer mehr zu, aber mein Vater gab Rosenessenz ins Wasser und kaufte Blumen ohne Grund, und es stimmt wohl, dass es gefährlich ist, sich in Engel zu verlieben, es ist gefährlich, mit den Göttern zu spielen, und es ist gefährlich, ihnen ebenbürtig sein zu wollen. Manchmal ist es schwer, sich selbst zu tragen, man möchte schrumpfen auf die Größe eines Wortes, eines Bissens, damit es die Männer leichter hätten, und einigen Männern genügt das, aber solche Männer legen nicht die

Zeitung und den Schlüsselbund auf den Tischrand und sagen: wo bist du heute, sonst bist du immer ganz und gar hier. Aber manchmal ist es schwer, so groß zu sein, mit Trieben, die wachsen, wie sie wollen, es ist schwer, so weich zu sein und ohne Gliedmaßen, so voller Berührungsflächen, Stellen, die man nicht schützen kann, warum sollte man auch, und durch das Parfüm bin ich von noch längerer Dauer, bis ich vollkommen endlos bin, und ja, auch ich wollte ein Engel sein, und da habe ich aufhören wollen, ein Mensch zu sein, und man kann es auch so sagen, dass ich damals sterben wollte, aber ich wurde eben eine Krähe, ich flog im Regen umher vor gelben Fenstern und flehte: lasst mich ein und gebt mir zu essen, und sagt mir endlich, was mir fehlt. Und als meine Mutter zum Engel wurde, ließ sie den Menschen verkümmern, und ich bin nicht einmal mehr böse. Gott ist weise und gerecht in seinen Entschlüssen, manchmal ist sein Wille nur so schwer zu verstehen, und er nahm den Leib meiner Mutter fort, er wurde verbrannt, und ich ließ die weiße Urne an einer dünnen Schnur in die Erde, aber den Geist meiner Mutter nahm er nicht mit, und genau das wollte Mutter, und sie war auch an jenem Abend dabei, wir riefen und lachten und tranken, denn alles hatte endlich ein Ende.

Mein Vater sog das Mark aus den Knochen und aß auch Hirn, und darum wird er ein langes Leben haben.

15.

Statt Öl wählte mein Vater das Wasser. Er sagte uns, das sei eine ethische Wahl gewesen. In Ägypten leben zig Millionen Menschen, ihre Zahl wächst ständig, aber von der Bodenfläche des Landes sind nur einige Prozent nutzbar, und mit Hilfe des Grundwassers könnte man den Umfang des bewohnbaren Landes steigern. Die Wüste besiedeln, das Tote und Ausgetrocknete bewässern, das ist ein großartiges Ziel, da gehört es sich nicht, an das eigene Auskommen zu denken. Und dennoch, mein Vater gab Rosenessenz ins Trinkwasser und kaufte Blumen ohne jeden Grund und verliebte sich in einen Engel. Als mein Vater das Wasser an Stelle des Öls wählte, wählte er nicht nur, was richtig ist. Er wählte, was schön ist. Denn mein Vater war einer von denen, die aus Feuer sind. Wenn sie einen Raum betreten, verwandelt sich alles in Licht, wenn sie zu nahe kommen, verwandelt sich alles in Asche, und wenn sie gehen, ist nichts mehr da. Mein Vater war aus Feuer und meine Mutter war aus Wasser, und darum war alles am Anfang so schön und so groß, und ich verstehe, dass das Feuer nicht noch mehr Hitze neben sich will, sondern etwas Kühlendes, etwas ganz anderes, doch andererseits ist klar, dass Wasser im Feuer verdampft und Feuer im Wasser erlischt, und ich und meine Schwester, wir bleiben auf dem trockenen Land. Wir suchen Gerüche und Aromen und wir geben ihnen Namen. Wir essen Speisen, die unsere Münder verbrennen, damit wir unsere Münder spüren, uns unserer Münder erinnern. Vor langer Zeit kosteten wir grüne Blätter in Öl, und wir beide suchten viele Jahre nach ihnen, ohne zu wissen, wo sie waren. Und einmal, viel später, kostete ich sie erneut. Es war Mangold, und es war, als hätte ich einen alten Freund getroffen oder ein fehlendes Teilchen gefunden. Und da war noch ein Geschmack, im Haus unserer Freunde, als wir ganz klein waren, und in indischen Restaurants, und das war frischer Koriander. Wir haben gelernt, den Herd zu kontrollieren, bevor wir aus dem Haus gehen, viele Male, und auch die Fenster, damit sie bestimmt geschlossen sind, und auch dann kann man noch Angst haben, eines könnte trotzdem offen geblieben sein, und das alles ist ganz natürlich, denn wir bauen ein Zuhause um uns herum, und alles kann geschehen, alles Schlechte, das alles in Asche verwandelt, aus der nichts mehr hervorwächst. Und wenn es an der Tür klingelt, mache ich vielleicht nicht auf. Ich und meine Schwester, wir sind gleich.

16.

Meine Mutter warf alles Alte weg. Sie verabscheute geerbte, abgenutzte Möbel, und am Ende konnte sie sich keine anderen mehr leisten. Sie hätte am liebsten eine Wohnung gehabt, wo es nur Schwarz und Weiß gab und viel Glas, viele Fenster und Türen, und am meisten verabscheute sie es, wenn es zu heiß war, wenn die Luft stand, aber sie trug auch ein altes Gesangbuch in ihrer Handtasche, es war abgenutzt und voller unterschiedlicher Handschriften, und manche Unvereinbarkeiten lassen sich nicht lösen und sie verwandeln sich in Trauer, und es ist nun einmal so, dass eine Dissonanz, die sich nicht auflösen darf, quälend wird, und viele Komponisten wissen das und komponieren keine glücklichen Schlüsse, weil es glückliche Schlüsse eigentlich nicht gibt, denn wenn etwas endet, sehnt man sich danach, und in der Sehnsucht liegt immer auch ein wenig Trauer. Meine Mutter verabscheute den Geruch von Essen, wie er sich in den Vorhängen festsetzte, und in der schwarzweißen Wohnung hätte es überhaupt keine Vorhänge gegeben, auch keine Stromkabel, keine Teppiche, keine kleinen Tiere aus Holz auf dem Klavier, die Staub und Erinnerungen sammeln. Meine Mutter wollte nichts Überflüssiges um ihre Knochen haben, etwas, wo sich alles Mögliche festsetzen konnte. Sie schnitt meine Haare ganz kurz, denn sie wusste, in den Haaren setzt sich mehr fest als irgendwo sonst, sie wollte meinen Hals und meinen Kopf sauber sehen. Meine Mutter stopfte keine Löcher und flickte keine Risse, sie warf alles Alte weg. Unser Wohnzimmer in Kairo war zitronengelb, die Möbel waren so leicht, dass wir sie anheben und uns darunter verstecken konnten, ab und zu wusch Mutter alles und hängte es in die Sonne zum Trocknen, und der Tisch war aus Glas, das täglich poliert werden musste, denn damals, als Vater ein Kind war, war dort, wo unser Haus stand, nur Sand gewesen, und die Wüste war auch jetzt noch so nah, dass alles im Nu mit Sand überzogen war, und die Blätter der Pflanzen auf dem Balkon wurden grau und schwer, wenn wir nicht daran dachten, sie abzuwaschen, Mutter wollte in unserer Wohnung nichts Verschnörkeltes und Glänzendes haben, nichts Vergoldetes und Kopiertes, unsere Wohnung glich ihr, an den Fenstern hingen nur dünne, weiße Vorhänge, und die Wände wurden weiß gestrichen, und Weiß macht von allen Farben am meisten Angst, es ist die Farbe des Todes. Weiß, keine Worte, kein Lachen und auch kein Weinen, weiß, grell und hoch, unsere Wände waren weiß wie ein Kind, in dessen Haut sich noch nichts eingeprägt hat, sie waren weiß wie ein fordernder Gott, ein Gott, der nicht über sich lächelt, unsere Wände, weiß wie der Tod.

Im Elternhaus meines Vaters waren die Fenster von schweren türkisblauen Seidenvorhängen mit goldenen Mustern und Troddeln verhängt, vielen Troddeln an seltsamen Stellen, und der Schrank war aus dunklem Holz, und es war eine glückliche Geschichte darin eingelassen, von einem Prinzen und einer Prinzessin, und die Badewanne hatte Löwenpfoten, und die Treppe wand sich und ihr Geländer, und die Schwester meines Vaters wohnte dort hinter sieben Schlössern und ließ auch uns nicht ein.

Meine Mutter schuf unsere Wohnung nach ihrem Bild, aber als sie krank wurde, als wir den Fernseher neben ihr Bett stellten und die Olympiade anschauten, legte sich Staub auf die Seiten ihrer Bücher und zerkratzte ihre Schallplatten, und das zitronengelbe Wohnzimmer wurde dunkler, genau wie ihre Haare, und die Sachen meines Vaters häuften sich in allen Ecken. Unsere Wohnung glich nicht mehr unserer Mutter, unsere Wohnung glich aber auch nie unserem Vater. Unsere Wohnung glich niemandem. In meinem Puppenhaus hatten alle Möbel und auch die Puppen ihren Platz, meine Schwester durfte nie etwas anfassen. Unser Katzenjunges wurde krank und starb. Unsere Vögel wurden krank und starben. Wenn die Sonne unterging, Ruf zum Gebet, nah die Nacht, das war das Entsetzlichste von allem, das Entsetzlichste. Das Ende nah, der weiße Vogel des Todes mit den Flügeln schlagend.

Aber am Anfang, ganz am Anfang, als mein Vater meine Mutter zum ersten Mal sah, glaubte er, bald würde sich alles verwandeln, aus Alt würde Neu, das Schwere leicht, und niemals mehr gäbe es etwas Schweres, und vielleicht würde ein Regen einsetzen, der sein heißes Gesicht benetzte und auch die Sonne bedeckte.

17.

Mein Vater und meine Mutter, sie schrieben einander lange Briefe in einer Sprache, die weder die Sprache des einen noch des anderen war. Sie schickten sich Fotografien. Sie nahmen Tonbänder füreinander auf. Und dann heirateten sie. Sie heirateten in Finnland, und mein Vater trank am Abend zuvor viel zu viel, ihr Hochzeitsbild, es hat nichts Verlogenes, es sprüht, es sprüht Funken. Dann flogen sie nach Indien, das war weit genug, das war richtig, das war klug, es war nicht dies und nicht das, dort hätte niemand Apfelsinen gegessen, wo es doch so viel anderes gab, Indien, wie der indische Mann, es war etwas anderes, und so betrachteten sie die Sterne auf der südlichsten Spitze der Halbinsel, und mein Vater schrieb ihrer beider Namen in den Sand. Und als ich geboren wurde, gab es keine Schatten auf der Welt, die Sonne war aus gelbem Papier ausgeschnitten und auf blaue Pappe geklebt, und das Gras war noch grüner als das Leben, und die heiligen Kühe fraßen über den Zaun hinweg rote Hibiskusblüten, und wenn Schlangen auf den Bäumen waren, fielen sie nicht herab, uns zu stören, und wenn mein Vater abends nach Hause kam, nahm er mich auf den Arm und trug mich hinaus, und sie standen mit mir unter fremden Sternen. Und die Zeit bewegte sich anders als zuvor, der Ventilator drehte sich an der Decke und surrte, und eine Eidechse verschwand in einem Mauerspalt und wurde schwarz, wenn sie sich ärgerte, alles war nur vorläufig, und sie wussten: hier bleiben wir nicht, und auch wenn ich ganz klein war, aß ich Mango, dieser Geschmack hat mich noch immer nicht verlassen, und ich war dunkler als meine Mutter und heller als mein Vater, und es war so heiß, dass man viele Male am Tag die Kleider wechseln musste, es war eine feuchte Hitze, das Meer war ganz nah, und es gab Nachmittage in gedämpftem Licht, ich schlief, nur der Ventilator surrte, da blieb die Sonne vor den Jalousien, es gab viel Zeit und viel Raum und wenig Sachen und Erinnerungen überhaupt nicht. Und manchmal warte ich auf Geräusche, auf eine zufallende Autotür, auf einen Schlüssel im Schloss, auf Schritte auf der Treppe, die Türklingel, sie läutet, und so wartete auch meine Mutter, und jeder Augenblick war wie aus Samt, denn es gibt kein größeres Glück, als wenn da jemand ist, auf den man warten kann. Im Zimmer zwei Stühle und auf dem Tisch ein Aschenbecher, und Dunkelheit, bei Regen fällt leicht der Strom aus, und an den Wänden riesige Schatten und Stimmen, und bald werden sich in den Stimmen Wörter erkennen lassen und in den Wörtern Bedeutungen, aber noch nicht, lange noch nicht.

Und meine Mutter, weit weg von zu Hause, niemand, der ihr riet, niemand, der sie anleitete, niemand sonst, und ein Zaun um das Haus herum, fremde Sterne am Himmel, lange Briefe, alte Neuigkeiten, Prinzipien und Glaube, fremde Aromen und fremde Menschen, und meine Mutter entsetzt, mein Kind ist krank, mein Kind stirbt, und was dann, und der Arzt spricht eine seltsame Sprache, die Worte sind nicht zu verstehen, und fremdes Fieber, mein dunkles Kind, seine Stirn steht in Flammen, fremde Krankheit, schmutzige Hände, wascht eure Hände und fasst es nicht an, man weiß nicht, wohin das Fieber führt, es kann in den Tod führen, man weiß nie, wohin der Weg führt, er hat auch mich hierher gebracht, weit weg von zu Hause, warum bin ich hergekommen, warum bin ich fortgegangen, fremde Vögel am Himmel, und manchmal die Sonne hinter Wolken, aber trotzdem zu viel Licht, und wo kommt es eigentlich her, wo kommt es her, und meine Mutter fällt hin, als sie vom Bett aufsteht, und kommt nicht mehr auf die Beine, und sie ruft, und niemand hört sie, und wenn ich nicht mehr kann, und wenn mich ein fremdes Tier sticht, und wie ergeht es meinem Kind, so weit weg die Mutter, so weit. Aber meine Mutter konnte damals noch leuchten wie ein Leuchtturm, und so fand mein Vater nach Hause, er musste sich nicht an den Sternen orientieren, und zusammen ist es gut, zum Himmel zu schauen, er ist wie ein Bild, das man nicht zu verstehen braucht, und wir wachsen zusammen, ich und du, unsere Häute verbinden sich zu einer Haut, in uns schlägt ein Herz, und wir sterben, wenn dies einmal endet.

18.

Es gibt Menschen, die sind aus Wasser. So sagen es auch die Sterne. Sie erzählen nichts von sich selbst. Sie leben von anderen Menschen und klammern sich an sie, klammern sich fest und können sich nicht mehr lösen. Wie die Chamäleons verändern sie sich und sind das, was von ihnen erwartet wird. Sie verstecken sich hinter ihren Haaren, und schließlich ist es ja auch so, dass sich Linien im Wasser verzerren und die Töne von weither kommen. Es gibt Frauen, die aus Wasser sind, und die sind nie ganz und gar da, weder hier noch dort. Meine Mutter erzählte nichts von sich. Sie hörte zu, mit zur Seite geneigtem Kopf, und niemand wird je so zuhören, nichts war etwas, bevor ich es ihr erzählte, und jetzt muss alles etwas sein, bevor ich darüber sprechen kann, oder ich kann überhaupt nicht darüber reden. Und manchmal in der Sonne, da möchte ich reden, ich möchte Dinge sagen, aber es gibt sie einfach nicht, und die Sonne verwirrt die

Gedanken und brennt und brennt. Ich lebe durch euch, sagte meine Mutter, und da fegte ich sämtliche Bücher und Papiere von meinem Tisch und schrie mir die Kehle wund: hör auf, sag das nie wieder, hör auf, denn da verstand ich, dass Mutter kein eigenes Leben mehr hatte, dass sie müde wird, wenn ich mich bewege, dass es in ihren Augen wehtut, wenn ich weine, und wenn ich esse, braucht sie es nicht. Und was konnte ich anderes tun, als alles auf den Boden werfen und zerreißen und zerfetzen und schließlich einschlafen, denn schließlich kann ich mir ja nicht den Tod meiner Mutter wünschen.

Am Ende glaubte meine Mutter nicht mehr daran, dass mein Vater zurückkommen würde, sie hoffte auch nicht mehr darauf, was schwer ist, wenn man verliebt ist. Die Schlüssel und die Autotüren nur für die anderen, nicht für mich. Sie vergaß zu essen und dachte erst am Abend daran, und dann schnitt sie sich riesige Scheiben vom trockenen Brot ab und schmierte zu viel Butter darauf und schnitt mit dem Messer Käse in Stücke und aß die Brote mit großen Bissen, damit sie schneller verzehrt waren, und dabei schaute sie fern, und wenn ich umschaltete, merkte sie es nicht einmal. Die Augen meiner Mutter waren nicht mehr blau, aber sie sah mich immer direkt an und durch mich hindurch und streckte ihre schmale Hand aus und berührte meine Stirn, die ganz faltig war, und sie strich mir über die Stirn, und ich schaute auf ihre schmalen Finger und auf die trockene weiße Haut und dachte: dieser Mensch ist nicht ich, und ich bin nicht dieser Mensch, und trotzdem, dieser Mensch ist ich und ich bin dieser Mensch, und manchmal wünschte ich, nichts denken zu müssen, Yoga, sagten sie, aber ich machte kein Yoga, ich saß auf dem Fußboden und wartete, dass es auch diesmal vorüberging, schließlich war auch alles andere vorübergegangen. Meine Haut ist nicht weiß, sie leuchtet nicht im Licht, sie schimmert grünlich wie eine Olive oder wie das Meer, ich bin hier, ganz und gar hier und immer bis zum Ende, und wenn mir der Mangosaft den Arm hinunterrinnt, weiß ich, in welche Richtung ich gehen muss und wem ich den Rücken zu kehren habe. Ich kehre euch beiden den Rücken, schon bald, ich verspreche es.

In Ägypten ist es auch im Winter heiß, im Sommer ist es so heiß, dass man sich gar nicht recht daran erinnern kann, und einmal war es heißer als gewöhnlich. Vater holte uns von der Schule ab, und wir hatten nicht die Kraft, irgendetwas zueinander zu sagen. Durch die offenen Fenster strömte verschmutzte, staubige Hitze ins Auto, aber sogar das half ein wenig. Die weißen Kragen und Manschetten unserer Schuluniformen waren braun, dabei waren die Blusen am Morgen sauber gewesen. Da kaufte uns mein Vater Cola auf der Straße und trocknete dic Flaschen ab, und wir tranken und fuhren weiter. Als wir nach Hause kamen, trugen die schmutzigen Kinder des Hausmeisters, Läuse im Haar, Fliegen in den Augen, die Einkäufe nach oben in unsere Wohnung, Früchte, Wasser und Eis, bei uns zu Hause gab es immer Früchte, Wasser und Eis, und Gebäck und Schokolade und Blumen in Vasen und geröstete Kürbiskerne und geröstete Sonnenblumenkerne und türkischen Kaffee auch. Mutter wartete an der Tür, ihre Stirn hatte vor Sorgen drei Falten, meine Kinder, wie ertragen sie diese Hitze, wie, und sie setzte uns in ein kaltes Bad. Die Stadt war still an jenem Nachmittag, die Stadt der Sonne war in der Hitze verstummt.

Vater setzte sich auf den niedrigen Hocker und begann für Mutter Mangosaft auszupressen, denn er sah, dass Mutter rot war vor Hitze, sie konnte nicht einmal mehr lächeln. Mein Vater konzentriert, mein Vater sorgfältig. Was er tat, machte er gut, er biss sich auf die Unterlippe, schnell, schnell, Anu erstickt, schnell. Und mein Vater beeilte sich, er beeilte sich zu sehr, und der Mangosaft fiel zu Boden. Wir hatten dunkelgrünen Teppichboden, wie Gras mitten im Sommer, ich und meine Schwester schlängelten uns darauf als Bananenschlangen voran, ohne dass man dabei die Hände zu Hilfe nehmen durfte. Orange und grün. Mutter stand von ihrem Stuhl auf und holte einen Lappen und einen Eimer, sie seufzte, und Vater hörte das, bald war nur noch eine böse Erinnerung übrig, und auch die von der Hitze getrübt. Und Vater setzte sich hinter seine Zeitung, und Mutter stand auf dem Balkon und blickte weit über die Minarette der

Moscheen hinaus, weit, weit weg von uns, und ich betete, wir könnten dort sein, wohin Mutter blickte. Aber andererseits, je mehr die Sonne scheint, umso heller werden meine Haare, und umso weniger gehöre ich nach Ägypten, und je weniger die Sonne scheint, umso dunkler werden meine Haare, und umso weniger gehöre ich nach Finnland, und meine grünen Augen sind voll von stehendem Wasser, ganz und gar.

Es gibt Menschen, die sind aus Feuer. Sie verbrennen entweder sich selbst oder die anderen. In ihrer Nähe wird es nie kalt, aber wenn sie hassen, bleiben Wunden und Asche zurück. Der Hass meines Vaters, ich habe ihn geerbt, und ich hatte schreckliche Angst vor mir. Aber der indische Mann, sein Zuhause ist neben meinem Zuhause, mein Zuhause bekommt von dort seine Wärme, darum muss ich nie frieren. Ich sage zu ihm: du bist wütender als mein Vater, und ich sehe mich selbst in dir. Aber weil ich keine Angst vor dir habe, habe ich auch keine Angst vor mir, und ich habe keine Angst mehr vor meinem Vater. Irgendwo über den Wolken könnten wir, die wir wütend sind, leben, wir könnten umherspringen, aneinander stoßen, und dann könnten wir uns entfernen, um beim nächsten Mal härter aufeinander zu treffen, und es wäre so kühl, und die Wolken wären so voller Feuchtigkeit, dass das Zusammenprallen nicht einmal gefährlich wäre, und wir würden unseren eigenen Tanz tanzen, weit weg von missbilligenden Blicken, weit weg von den Blicken derer, die sich beherrschen und sich gedulden, wir wären dort, wo wir niemanden verbrennen würden und wo wir hemmungslos lachen und schreien könnten, Rot und Schwarz und auch Gold, das ist unsere Natur, denn wir bräuchten uns nicht ohne Hände fortzubewegen und würden nicht müde werden, wie könnten wir müde werden, ganz und gar das zu sein, was wir sind. Und der indische Mann hat Augenbrauen wie ein türkischer Sultan, und ich habe überhaupt keine Angst, und manchmal hasse ich, ich hasse dieses hellblaue öde Verlangen.

19.

Mein Vater schaute meiner Mutter in die hellblauen Augen und sah das Land seiner Träume. In diesem Land wäre Platz für alle, niemand würde einem am Ärmel hängen und mahnen: dies ist dein Land und deine Zeit und deine Verantwortung und deine Pflicht und deine Familie und deine Wahl und deine Vergangenheit und deine Zukunft, und denke daran, mein Sohn, dass man Ägypten niemals verlassen kann, und deine Arbeit und deine Sünde, und ich bin nur ein kleines, armes Kind, gib mir Geld, oh gnädiger Herr, keine Mutter, kein Vater, Läuse auf dem Kopf, Fliegen in den Augen und nackte, abgeschürfte Füße und nichts in Aussicht. Mein Vater sah ein sauberes Land, so wenig Gerüche, dass ein einzelner Geruch mühelos zu erkennen und wenn nötig zu entfernen war. Und mein Vater war müde, von der Sonne zermürbt. So lang war er umhergereist und hatte die brennende Wüste gesehen, seine Arme waren bedeckt von Narben, eingebrannt von der Sonne, und seine Augenwinkel waren voller Runzeln vom Zusammenkneifen der Augen. So lange hatte er Wasser unter dem Sand gesucht. Und auf den staubigen Korridoren der Universität enthüllt die Sonne alle Verschleiß- und Zerfallserscheinungen, und draußen geschahen viele Dinge, die er nicht recht verstand, die er nicht so recht in Betracht ziehen konnte, aber es machte ihn wirklich traurig, dass keiner mehr die Apfelsinen, die im Garten wuchsen, pflückte, und die Blätter der Bäume wurden grau und bogen sich unter dem Gewicht von Staub und Sand, denn niemand wusch sie mehr ab, und jedes Jahr gab es mehr Menschen und weniger Platz, mehr Schmutz und weniger Wasser, mehr Worte und weniger Taten, und mein Vater ging über die Korridore und nickte jedem, der ihm entgegenkam, zu, und manchmal kam es ihm vor, als wäre die Erde unter seinen Füßen nicht ganz stabil, und dann stützte er sich auf eine Fensterbank, und an seiner Hand blieb ein Fleck zurück von dem Schmutz, der sich dort angesammelt hatte, und auch die Sonne scheint am stärksten dort, wo ein Fenster ist. Als mein Vater die hellblauen Augen meiner Mutter sah, wusste er, dass er still stehen und klares Wasser auf sich herabfließen und allen Schmutz abwaschen lassen konnte.

Zermürbt von der Sonne, fliegen sie manchmal nach Norden. Hier müssen sie niemanden zur Seite stoßen, um auf der Straße vorwärts zu kommen. Sie müssen nicht über Leichen hinwegsteigen und den Atem anhalten. Und vor dem Fenster keine Ratten und keine Bettler erblicken. Hier können sie ausruhen, wenn sie nur bleiben, wo sie sind, und leise die Treppe hinaufgehen und nach der Haustür die Zwischentür schließen, wenn sie nur nichts sagen, wenigstens nicht laut. So fliegen sie normalerweise bald wieder weg und kehren nie zurück.

Als mein Vater meine Mutter zum ersten Mal sah, war es geräumig und still in dem gedämpften Licht des Zugabteils. Mein Vater, das Feuertier, und sein Himmel.

20.

Als mein Vater aufhörte, meine Mutter anzuschauen, als Vaters Blick verblasste, als Mutter darin nicht mehr wachsen durfte, bis sie die Größte von allen, die Schönste von allen war, als ihre Blicke sich nicht mehr über unseren Köpfen begegneten, als wir anfingen, aus unseren alten Kleidern hinauszuwachsen, ich und meine Schwester, wir wuchsen zu ihrer Größe heran, als Vaters Augen nicht mehr braun waren, sondern grau, als Mutters Augen nicht mehr blau waren, sondern grau, als Vaters Schriften nicht mehr gelesen wurden, als er Mutter die falschen Zigaretten kaufte, da, da hörte meine Mutter auf zu leben. Ich bemerkte es viele Jahre zu spät. Einmal, als wir uns hier in Helsinki in der Nähe der Uni trafen, an der Skulptur mit dem Fohlen, an einem bewölkten Tag, als Mutter aus einer anderen Richtung kam als ich und ich sah, wie sie auf mich zukam und mich noch nicht bemerkte, da fiel mir auf, wie klein sie war und wie die Umrisse ihres Körpers flimmerten, als existierten sie eigentlich gar nicht, geradeso, als gäbe es Mutter überhaupt nicht. Und als sie mich sah, da war es, als schaute sie zuerst hin und sähe erst dann, und da hob sie die Augenbrauen und öffnete mir ihr Gesicht und lächelte, und in den Falten auf ihrer Stirn war keine Farbe mehr, und da erschrak ich, sagte aber nichts. Meine Mutter beklagte sich nie, sie erzählte uns nichts von ihren Abenden und Nächten, während denen sie wartete und wartete, von jenen Morgen, an denen sie die Rechnungen vom Fußboden aufhob, nur die Rechnungen, sonst nichts mehr, wir wussten auch nicht, dass anfangs, wenn man die Hände zu Fäusten ballt, die Wangen rot werden und die Fingerknöchel weiß, aber nach Jahren ist das nicht mehr so, denn das Blut hat aufgehört, rot zu sein, und die Kraft der Hände ist verschwunden. Wir wussten auch nicht, dass man zuerst still für sich schreit, schreit und glaubt, jetzt schreie ich so laut, dass er es auch dort in der Ferne hört, und er kommt, wenn ich noch die Kraft habe, zu hoffen, ansonsten hat alles tatsächlich keinen Sinn mehr. Wir wussten nicht, dass es am Anfang auch Tage gab, an denen sich die Enttäuschung der Nacht in Energie verwandelte, an denen separat von der Trauer etwas wuchs. Aber nach Jahren hörte auch das auf. Wie wussten nicht, dass sie all dies ertrug, ohne uns ein Wort darüber zu sagen, wir wussten nicht, dass ein Mensch, der sich nicht erinnert, das Vergangene auch nicht in den Griff bekommt, es nimmt keine Form an, man kann es nicht aufrollen und mit Zigarettenkippen im Kamin verbrennen. Da sich meine Mutter nicht erinnerte, gab sie dem Vergangenen keine Wörter, sie packte es nicht in ein Päckchen und schenkte es uns mit knarrender Großmutterstimme. Meine Mutter gab dem Vergangenen keine Wörter, denn das alles war zu groß, um es zu begreifen, zu laut, um es zu hören. Sie stand da, der Welt ausgeliefert, mit Zöpfen, ohne jeden Schutz, und sogar ihre Kleider waren so abgenutzt, dass sie alles Mögliche durchließen. Meine Mutter spielte nicht mit der Welt wie mit einem Luftballon, sie dürfte auch sonst nie gespielt haben, meine Mutter klebte keine Zettel auf die Wirklichkeit, so wie ich es tue, und manchmal muss ich sie entfernen und durch neue ersetzen, und dann verstehe ich womöglich für einen Moment, dass ich gelästert habe, dass ich frech gewesen bin, hochmütig. Aber meine Mutter war nie hochmütig, meine Mutter, sie hatte Respekt vor der Welt.

Ich schaute mir die hässlichen Krankenschwestern, ihre fetten Beine und stumpfen Blicke an, und ich wusste, sie taten nichts. Wenn sie meiner Mutter das Kissen richteten, wollte ich schreien, begreift ihr eigentlich, wen ihr da anfasst, kapiert ihr, wenn ihr anguckt? Und sie brachten ihr Brei, meiner Mutter, und ich sah, wie sie unter dem Geruch litt, wie sie darunter litt, dass sich Grütze oder Quark auf dem Plastiktablett befand, Grütze oder Quark, Gott behüte, für meine schöne Mutter. Und im Bett nebenan lag eine alte Frau, und neben ihr saß bis zum Ende ein alter Mann, der auf einmal im Flur sagte: meine Frau ist vor fünf Minuten gestorben. Und da beneidete ich diese Frau, obwohl sie gestorben war, und jetzt im Nachhinein erst recht, schließlich starb auch meine Mutter. Und ganz zuletzt die Zehennägel meiner Mutter, sie schimmerten unter dem Laken, sie waren leuchtend rot lackiert. Und niemand schaute mehr hin.

Als es auf der Welt nur noch zwei Länder gab, als mein Vater sich nicht mehr fortsehnte von seinen Gespenstern, als sich meine Mutter heim zu ihren Gespenstern sehnte, begannen sie, in verschiedene Richtungen zu blicken, sie suchten nicht nach einem dritten Punkt irgendwo anders. Denn auch wenn in Libyen öffentliche Hinrichtungen im Fernsehen gezeigt wurden, hing doch an unserem Tor das türkisblaue Schild der UNO, und wir waren alle von anderswo, wir waren nicht dies und nicht das, wir logen, wenn wir versuchten, nur dies oder nur das zu sein, und wenn wir logen, fühlten wir uns schlecht, wir alle, und dann, als es auf der Welt nur noch zwei Länder gab, kein drittes, hörte mein Vater auf, meine Mutter anzuschauen. Und als mein Vater meine Mutter nicht mehr anschaute, hörte alles auf, absolut alles, ja.

21.

Anu, es heißt nicht »Düll«, sondern Dill, das ist kein »Kröbs«, sondern ein Krebs, Anu, tu nicht so vornehm, sagten wir, und sie lachte selbst über sich. Wir waren in Finnland, wir drei, nur Vater noch in Ägypten. Wir öffneten das Fortuschka, wenn wir das Zimmer lüften wollten. Auf unserem Klavier stand ein Bild von Marschall Mannerheim, das, auf dem er vor der Landkarte posiert. Normalerweise rauchten wir vor dem Kamin und bliesen den Rauch dort hinein, alle drei manchmal in der Hocke davor, der Fernseher an und Regenwetter. Wenn Vater aus Ägypten kam, fragten wir ihn sofort, wann er wieder abreist, und dann mussten meine Schwester und ich hinter dem Haus rauchen. Wenn mein Vater aus Ägypten kam, war es zu eng in unserer Wohnung, er passte nicht mit uns in unser Zuhause. Wenn wir morgens zur Schule gingen, winkte uns Mutter vom Fenster aus bis zur Ecke nach, manchmal hielt sie die Katze auf dem Arm. Unsere

Katze war groß und rot, und sie hieß Leo und versteckte sich hinter der Wanne, wenn sie Angst hatte. Normalerweise rauchten wir vor dem Kamin und bliesen den Rauch dort hinein, aber manchmal rauchten wir offen und aschten in einen Aschenbecher, auf dem Sorrento stand. Manchmal organisierten wir Soiréen, jeder führte etwas auf, wir tranken zu viel mit unseren Freunden, aber niemand beklagte sich je über den Lärm, denn die Nachbarn wechselten nie in diesem Haus, und manchmal brachten sie uns Karelische Piroggen, oder Heringe für unsere Katze, und wir gaben dem Briefträger an Weihnachten Geld, und als ich später anderswo wohnte, ich und der blasse junge Mann, der die Sterne kannte und sogar die Kometen, da wurde an die Wand geklopft, wenn wir abends um zehn lachten, in jenen Tagen war mein Gesicht weiß im Fenster der Metro, ein toter Igel lag den ganzen Winter auf dem Gehweg und niemand räumte ihn weg, allerdings wurde er immer kleiner und kleiner, bis er im Frühjahr mit dem Streusand verschwand, und mit den Wahlplakaten, und ich lag morgens stundenlang da und konnte nicht einmal heulen, und als ich zu meiner Mutter nach Hause ging, bereute ich es, jemals von dort weggegangen zu sein. Manchmal rauchten wir offen und tranken Wein, und meine Mutter spielte einen betrunkenen Kriegsveteranen oder sagte ein Gedicht auf, und ich und meine Schwester, wir sangen.

Meine Mutter, alle liebten sie. Meine Freunde kamen eigens, um sie zu sehen. Einmal gab es einen Geiger, er liebte mich und liebte mich nicht, und wir saßen auf meinem Bett, ich flößte einem Dinosaurier aus Plastik Bier ein und etwas davon tropfte auf meine weiße Tagesdecke, und da weckte der Geiger meine Mutter, und ich war eingeschlafen, bevor er gegangen war. Meine Mutter, mit geneigtem Kopf hörte sie uns allen zu. Unser Telefon konnte zu jeder Zeit klingeln, ich wusste nicht, dass man es ausschalten konnte, bis ich später Menschen kennen lernte, die auch auf sich selbst Rücksicht nahmen. Meine Mutter, sie tat schnell, was sie tat, sie tat effektiv, was sie tat, Schluss jetzt, weg mit euch, wenigstens für das Essen soll der Mensch nicht seine Zeit vergeuden, auch mit kleinem Aufwand kriegt man was Gutes hin, und wenn man lesen kann, kann man auch kochen, meine Mutter, sie lachte wie ein finnischer Mann, meine Mutter, ich liebe sie über alles, und wenn ich das nächste Mal eine Apfelsine schäle, dann mache ich vier Schnitte, worauf die Schale sich leicht und schnell lösen lässt, und vielleicht lese ich in einem Buch, während ich esse.

Nach dem Regen im Herbst waren Regenwürmer auf dem Grab meiner Mutter. Ich tötete möglichst viele davon. Ich stellte Heidekraut und eine Kerze auf das Grab. Ihr Name war heller als die anderen Namen auf dem Grabstein, und ich schämte mich dafür, dass meine Mutter nicht mehr lebt.

22.

Sie flogen nach Indien, man hängte ihnen duftende Girlanden um den Hals, und ihr Haus stand am Meeresufer. Mein Vater und meine Mutter, Träume und Erinnerungen. Mutter träumte von alten Kulturen, von denen nur noch Spuren übrig waren, und Vater von Wasser unter der Wüste oder in den Augen einer Frau. Mutter erinnerte sich an das Lied der Soldaten, und danach schien alles schief zu gehen. Vater erinnerte sich an das Lied der Soldaten, und danach strömten Jahr für Jahr mehr seltsame Menschen nach Kairo, die seine Straßen beschmutzten. Mein Vater und meine Mutter lebten außerhalb ihrer Zeit, sie waren nicht hinterher, nur irgendwie abseits. Und in Indien war die Zeit anders, denn wer kann die Zeit verstehen, wenn er die Sprache nicht versteht, wenn er unter fremden Sternen lebt und den Regen verdampfen sieht, bevor der die Erde erreicht hat, wenn er eine Frucht spaltet und überrascht wird. Einmal in Alexandria wurde Mutter krank, und Vater pflegte sie gesund. Da wusste Mutter, hier ist ein guter Mann für sie. Und einmal stand ich am Ufer, und es war kalt, und der indische Mann knöpfte den obersten Knopf meines Mantels zu und schalt mich dafür, dass ich nicht auf mich achtete, und da war er ein ganz normaler Mensch, und das ist letztlich doch das Großartigste von allem.

Gemeinsam verabscheuten sie den Vollmond, denn sie erinnerten sich beide daran, wie bei Vollmond die Bomben fielen. Und irgendwann fiel der Strom aus bei uns zu Hause, und der Mond schien in alle Zimmer. Nervös stießen sie im dunklen Flur gegeneinander, und Vater packte Mutter am Handgelenk und drückte es. Die Krähen waren verstummt, und ich wusste nicht, wo ich hinschauen sollte. Aber wir tranken Zimttee, und auch mein Schatten war riesig. Am nächsten Morgen gossen wir die Sonnenblumen, und sie waren größer als ich. Und wenige Nächte später war der Mond nicht mehr voll.

Ich schaue den indischen Mann an. Ich schaue ihn an, wenn er es nicht merkt. Und wie die Eidechse in Indien, sie hieß Pekka, wird er schwarz, wenn er sich ärgert. Und wenn er geht, entfernen sich die Schritte, und ich kann die Augen schließen, und dann ist da nur Licht, leuchtend rotes Licht, sonst nichts, ich sitze lange dort, wo er gesessen hat, und lächle. Dann bin ich ein Tier oder ein Mensch, ein Tier und ein Mensch, und an mir ist nichts Göttliches und ich bin auch kein Engel. Und wenn er mich auch nicht anschaut, so macht das überhaupt nichts, und es ist völlig gleich, wie ich bin und ob ich bin. Und dann bin ich schließlich doch glücklich, denn ich spüre das Blut fließen in meinen Adern, ich sehe es mit eigenen Augen und höre es vielleicht, und falls ich Geschwüre in mir habe, dann ringeln sie sich jetzt bestimmt zusammen und sterben.

Nie werde ich meine Augen und ihre Fähigkeit zu sehen aufgeben. Und falls ich blind werde, lerne ich fühlen. Ich sauge das Mark aus den Knochen, und die Soße rinnt mir die Mundwinkel entlang, und manchmal kaufe ich Leber und brate sie, auch Nieren, und darum werde ich ein langes Leben haben. Und wenn ich wütend bin, sage ich, dass ich wütend bin, und dann sprühen wohl auch meine Augen Funken. Wir sind Tiere, ich und mein Vater, wir sind gleich.

Wenn mein Vater schrie, blickte meine Schwester zu Boden, ich aber schaute ihm direkt in die Augen, ich spürte, wie wir beide zu Bestien wurden, und dann waren wir gleich groß, sonst nicht, ich hatte Angst vor ihm und er hatte Angst vor mir, ich und mein Vater, wir sind gleich.

23.

In Alexandria, an der Uferstraße, war ein Nachtclub, und dort tanzten mein Vater und meine Mutter, damals, als sie größer waren als alle anderen, ihre Liebe auch, als die Sterne nur für sie leuchteten, als die Vollmondnächte eben doch schön waren, als meine Mutter von sich verzaubert war und mein Vater von meiner Mutter verzaubert war, damals hatte mein Vater das Gefühl, gar nicht mehr in Ägypten zu sein, sondern an einem Ort, der keinen Namen und keine Zeit kannte, und meine Mutter hatte damals das Gefühl, dass sie nicht mehr zu warten brauchte, sondern dass alles endlich so war, wie es sein sollte, und so gingen sie zu zweit auf die Terrasse, und die Musik drang bis dorthin, und ihnen war nicht zu heiß und ihnen war nicht kalt, und da warf meine Mutter den Kopf zurück und lachte ganz und gar, und Vater lächelte, und die Falten in seinen Augenwinkeln wurden tiefer, und Mutter hatte sich eine rote Rose ins Haar gesteckt, die Vater aus dem Garten des Hotels gestohlen hatte, und als sie wieder hineingingen, bestellten sie Whisky und etwas Salziges, und der Kellner brachte eine Schale kleiner, knuspriger Bällchen, und die schmeckten ihnen gut, und sie fragten: was ist das, und der Kellner sagte: das sind frittierte Schwalbenköpfe, natürlich.

Das Licht war anders als je zuvor, und kein einziges Wort war genug, und manchmal, wenn man sagt: ich liebe dich, können die Hände kalt bleiben wie der Mond, und manchmal, wenn man sagt, ich hasse dich, können die Augen blankes Gold versprühen, und die grausamen Wörter kann man sich notieren und man kann sie seinen Freunden gegenüber wiederholen, man kann sich darüber aufregen, und doch ist alles wie vorher und nichts ist kaputt gegangen, und wenn ich sage: ich glaube nicht an Gott, dann heißt das nicht, dass ich nicht an Gott glaube, sondern es heißt vielleicht, dass ich an Gott glaube, das kann ich selbst natürlich nicht wissen, und wenn ich liebe, geht die Liebe sogar durch Berge hindurch, und sie geht über das Meer hinweg, aber der Hass ist nicht so, er geht nur in mich hinein und brennt und brennt. Und selbst wenn ich meinen Hass und meine Gleichgültigkeit verkünde, so macht das nichts kaputt, denn wir wissen es besser, wenn der Duft verweilt im dämmrigen Treppenhaus und mich zwingt, kurz an der Wand Halt zu suchen, bevor ich das Kinn hebe und in den Tag hinausgehe, und als der indische Mann nur mit einem Auge weinte, irgendwann im Frühling, da weinte er an meinem Arm, in meinem Zuhause, an meinem Arm, es war schwer, sich davon zu erholen, auch für mich, denn auf der Welt gibt es nichts, was mehr Angst macht als das Glück.

Die Schwalben fliegen nach Süden, und sie werden in Netzen gefangen und mit Zwiebeln gefüllt. Ihre Köpfe werden frittiert und den Gästen eines Nachtclubs in kleinen Glasschalen serviert.

In meinem Zimmer lebt ein haariges Tier, das brennende Augen und einen langen Schwanz hat, sein Fell ist zottig, und seine Augen sind groß wie Teller. Es beschützt mich, und es ist auch zur Stelle, wenn ich es nicht höre. Manchmal stößt es an die Tischkante, und ich werde froh, denn dann erinnere ich mich, dass ich doch nicht allein bin. Es verfügt über alle Macht, ich besitze überhaupt keine Macht, und genau das macht mich glücklich, denn manchmal, wenn es schwer ist, wenn man nach Hause kommt und eigentlich gehen will, oder wenn man geht und eigentlich nach Hause will, und wenn es Nacht ist und man wünscht, es wäre Tag, und wenn der Tag kommt, möchte man nur schlafen, weiß ich, es lacht mich aus und hält in seinen Händen Fäden, die ich selbst nicht zu halten wage, es verwahrt sie, sicher, und wartet, bis ich genug geschlafen habe, bis ich genug gegangen bin, es wartet und lacht über meine Unruhe, und der Mensch ist letztlich doch nie allein.

Irgendwo wird unser Glück behütet, auch wenn wir alles tun, um es zu zerstören. Aber meine Mutter und mein Vater, sie waren schon erwachsen. Sie rannten dem Glück geradewegs in die Arme, ohne sich umzublicken, das Glück geriet ins Wanken, blieb aber auf den Beinen, die Welt zitterte vor Kraftlosigkeit, die Bäume mussten sich zu ihren Ehren verneigen, und die Fundamente der Häuser bekamen vielleicht auch Risse. Mein Vater und meine Mutter waren mutig, und ich neige das Haupt zu ihrem Gedächtnis.

Der Winter war lang, er dauerte viele Jahre. In dieser Zeit fürchtete ich mich vor mir. Ich fürchtete mich und ich räumte auf. Ich räumte alles Überflüssige in mir weg, damit ich endlich einmal klein wäre. Ich räumte die hölzernen Tiere vom Klavier. Ich entfernte alle Schlacke. Alles, was Staub fing. Alles, was Erinnerungen trug. Ich zog mich schwarz an und war schmal wie ein Schatten.

Aber der indische Mann, er kam in meine Wohnung und sagte zu mir: wo bist du heute, normalerweise bist du ganz und gar hier. Wir laufen haltlos umher, mehr als die anderen, sagte er, und ich begriff, dass ich doch nicht allein war. Er sagte zu mir: du bist mein Bruder. Der indische Mann, er ist nur wenig älter als ich, er war an dem Ort, an dem ich geboren wurde, als ich geboren wurde, niemand sonst, niemand auf jenen kalten Straßen. Unter den Baugerüsten hörten wir den Schnee schmelzen. Wir lachten, und ein Arbeiter sprach Englisch mit mir.

Der indische Mann sagte zu mir: du gehst wie eine Finnin, gehe nicht wie eine Finnin. Aber ich bin doch Finnin, sagte ich. Der indische Mann, er blieb stehen und sagte: du bist nicht dies und nicht das, und genau deshalb verbringe ich jeden meiner Abende mit dir. Und ich ging ein Stück hinter ihm, denn er ging schnell, und ich lachte, ich lachte nur.

24.

Einmal wurde ein Delphin an den Strand getrieben. In seiner Not zappelte er im Sand, er wusste nicht, was er tun sollte. Er war grau und glänzend, seltsam. Rasch trugen ihn die Fischer in ein Boot, fünf Männer, so schwer war er. Sie ruderten das Boot weit hinaus und ließen den Delphin frei. Ich sah, wie das Wasser ihm Raum gab. Die Menschen am Strand klatschten und riefen den Männern zu, die viel zu weit weg waren, um etwas zu hören. Ein Delphin bringt Glück, erklärten sie mir, und auch ich fing an zu klatschen. Die Sonne ging gerade unter, sie hatte das Meer schon gefärbt. Der Sand wurde kühl unter meinen Zehen. Trotzdem wollte ich nicht an die Zeit denken, nicht daran, wie sie verging, nicht an das, was sie mir genommen hatte. Auch nicht an das, was sie mir bringen würde. Nicht an die Nacht und nicht an den Morgen. Ich betrachtete das Boot, eigentlich war es der Sonne im Weg. Das Boot kam auf uns zu, die Männer kamen auf uns zu. Und als sie aus dem Boot stiegen, rannten wir auf sie zu, denn wir wollten sie berühren. Einer der Männer lächelte mich an, bevor er sich abwandte. Bald war es wieder stiller am Strand, die Lichter der Stadt gingen an, und ich war nicht einsam, nicht mal allein.

25.

Der Winter war lang, er dauerte viele Jahre. Nirgendwo sah ich Menschen, im Haus klangen die Stimmen lauter. Das weiße Licht war schwer für mich, es machte mich wütend. Ich spielte ein Spiel, dessen Regeln ich nicht kannte. Ich hätte nur durch Zufall gewinnen können. Gleichgültigkeit. Ich wandte mich ab und fuhr mit dem Zug davon. Ich hatte lange nicht gegessen, und so wurde mir schwindlig, und ich fiel von der Zugtür auf den Bahnsteig. Nicht einmal da kam ich auf die Idee, umzukehren.

Ich kämmte meine feuchten Haare zu einem festen Knoten, ich kämmte mir die Locken heraus. Ich war so blass, dass ich dieselbe Farbe hatte wie die anderen. Ich putzte meine Böden, damit sie sauber rochen. Ich warf die Blumen weg, bevor sie verwelkt waren, und auf meinem Tisch stand nichts, was Staub oder Erinnerungen sammelte. Ich zog mich schwarz an und legte allen Schmuck ab. Wenn ich am Ufer stand, wusste ich nicht, ob mir kalt war, und in meinem Kopf befand sich kein einziges Wort. Wenn ich weinte, wusste ich nicht, warum ich weinte, und da weinte ich noch mehr. Farben gab es nicht, und Düfte auch nicht.

Der indische Mann fragte mich: warum ziehst du dich schwarz an und versteckst dein Haar? Ich antwortete: mische dich nicht in mein Leben ein, meine Wände sind dick und ich kann die Tür abschließen, ein für allemal. Der indische Mann schlug meine Tür zu, er trat sie zu, sodass ich selbst sie nicht vor ihm schließen musste. Aber als das Telefon klingelte, war er es, er ließ mich nicht einen Moment leiden, nicht betteln. Der indische Mann sagte: du brauchst Licht und Wärme und Wasser, und ich öffnete auf der Stelle mein Haar.

Die Stufen vor dem Dom hatten sich erwärmt, und die Sonne schien weiterhin hell, und es war Nachmittag, und das Eis schmolz, da ich es zu langsam aß. Da blühten alle Blumen endlich auf, sie passten nicht in mich hinein, und so kamen sie als Tränen aus meinen Augen heraus.

Und jetzt ist August, und ich habe viele Gewürze gekauft. Ich bekomme in Finnland alle Gewürze, die ich brauche. Und wenn ich im Geschäft Weinblätter in Salzlake kaufe, wasche ich das überschüssige Salz ab. Ich setze mich in meinem Wohnzimmer vor den Fernseher, ich sehe fern oder höre arabische Musik, laut, denn in meinem Haus wechseln die Nachbarn nicht, und sie lächeln und sagen direkt, was sie sagen wollen. Ich sitze da und rolle gefüllte Weinblätter. Ich bereite eine Soße und mache einen Tomatensalat. Ich mache einen Dip aus Sesampaste. Ich brate braune Bohnen. Und bevor meine Freundinnen kommen, entzünde ich Räucherstäbchen, und vor dem Spiegel lege ich meinen größten und glänzendsten Schmuck an. Ich bemale mir kräftig die Augen. Ich öffne den Wein, um ihn atmen zu lassen. Und wenn meine Freundinnen gegessen haben, mache ich die arabische Musik aus und die Räucherstäbchen, ich spiele Klavier, und wir singen, wir reden über Kinder und Bücher und Männer und neue Restaurants, und wir trinken italienischen Likör, und wenn wir ausgehen, sind die Straßen schwarz und glänzend nach dem Regen, und unter der Kapuze eines Regenmantels kann ein Freund zum Vorschein kommen, und meine Haare werden im Regen noch lockiger und ich habe Essen für viele Tage.

26.

Während des Ramadan fastete ich mit meinem Vater, nur wir, wir beide. Meine Schwester war zu klein, und meine Mutter war Christin. Am Abend warteten wir auf den Kanonenschuss im Radio, dann wussten wir, jetzt dürfen wir anfangen zu essen und zu trinken. Ganz Kairo wartete darauf, kein einziges Auto fuhr mehr auf den Straßen, überall klimperten die Gabeln und die Messer, wenn sie zum Warten auf den Tisch gelegt wurden. Ich und mein Vater, wir tranken Rosenwasser und aßen Datteln. Dann aßen wir alle gefüllte Weinblätter mit einem Dip aus Sesampaste und Tomatensalat und Wassermelone. Nach dem Abendessen schauten wir uns im Fernsehen Geschichten aus Tausendundeiner Nacht an. Dann fuhren wir mit dem Auto durch Heliopolis, die Geschäfte waren offen, und der Gold- und Silberschmuck funkelte in den Juwelierläden, es gab ihn haufenweise, die Edelsteine waren riesig, sie wirkten lebendig, und als wir in die Straße einbogen, wo sich das beste Kaffeegeschäft der Stadt befand, drang der Duft frisch gemahlenen türkischen Kaffees durch die Fenster, und die Abgase der Autos und das Abwasser störten uns nicht mehr. Vater ging Kaffee kaufen, und wir anderen warteten im Auto. Und dann sprachen wir nicht über Jacky-Kinderpudding und nicht über finnisches Eis am Stiel, nicht über Salzfleisch und nicht über Schneeburgen, nicht über unseren Cousin, der Kommunist war, nicht über Flughäfen und ihre Rolltreppen, nicht über kaltes Wasser, das aus dem Hahn kam und so sauber war, dass man es trinken konnte, und nicht über das heiße Wasser aus dem Hahn, das nie ausging, nicht über den Liisa-Park, wo es Penner gab, nicht über Seeräuber-Lakritze und nicht über das Geräusch, von dem man aufwacht, wenn draußen Schnee geschippt wird, wir sprachen nicht von unserer Großmutter, wir sprachen nicht von Finnland. Wir fuhren in den Park, wo es einen künstlichen See gab, und wir sahen, wie die Krebse im schwarzen Wasser miteinander kämpften. Wir tranken Cola aus Papierhalmen, die nass wurden und sich auflösten, bevor wir ausgetrunken hatten. Meine Mutter trank Stella-Bier aus einer großen, braunen Flasche. Es war dunkel, und die Bäume waren mit roten, grünen und gelben Glühbirnen geschmückt, von denen die Hälfte kaputt war, natürlich. Wir hörten die Grillen zirpen, der Abendwind war kühl. Wir gingen Wasser kaufen. Mutter rief von der Post aus ihre Mutter an. Zu Hause beteten meine Schwester und ich hinter meinem Vater auf unseren neuen Teppichen, der Teppich meines Vaters war an der Stelle abgenutzt, wo die Stirn aufkam. Dann gingen wir schlafen. Meine Familie.

Und vor Sonnenaufgang schlich mein Vater an meiner schlafenden Schwester vorbei und weckte mich. Wir aßen zusammen ganz leise, wir aßen braune Bohnen und Joghurt und Pflaumen und Aprikosen und Pfirsiche und Brot und Käse und Halva, und wir tranken so viel Wasser, wie wir konnten. Dann wuschen wir uns für das Gebet, und ich betete hinter meinem Vater, auf meinem Teppich gab es noch keine einzige abgenutzte Stelle. Dann las mein Vater laut aus dem Koran, und ich hörte zu, obwohl ich kein Wort verstand. Er saß im Sessel, ich saß auf dem niedrigen Hocker neben ihm. Dann standen wir eine Weile auf dem Balkon, auch in allen anderen Häusern waren die Leute wach, und manchmal sahen wir auch den Mond. Um mich geschlungen nur der Arm meines Vaters. Und als ich wieder ins Bett ging, ertönte der Gebetsruf aus allen umliegenden Moscheen, und ich verstand fast alles. Gott ist groß, sangen sie. Und das Gebet ist schöner als der Traum.

Einmal, auf der Halbinsel Sinai, wurde in einer Disko arabische Musik gespielt, so laut, dass der Boden in unserem Hotelzimmer bebte und wir nicht schlafen konnten. Da tanzten mein Vater und meine Schwester. Mein Vater, nur in weißer Unterhose, schmale behaarte Beine, keine Muskeln mehr, und meine Schwester, die braunen Locken lang und die Haut von der Sonne braun und das Nachthemd aus weißer Baumwolle. Sie tanzten einen arabischen Tanz, und ich und meine Mutter, wir lachten so sehr, dass wir weinten, und wir machten Fotos von ihnen und lachten immer noch. Wir waren nicht wütend und wir schliefen nicht, warum hätten wir schlafen sollen?

Aber manchmal sprachen meine Schwester und ich beim Essen finnisch, und Vater verstand nicht, was wir sagten. Und mein Vater dachte: sie sind ein Teil von mir, und ich verstehe sie nicht. Und manchmal sprachen wir beim Essen arabisch, und Mutter verstand nicht, was wir sagten. Und meine Mutter dachte: sie sind ein Teil von mir, und ich verstehe sie nicht. Und mein Vater wollte uns ganz, und meine Mutter wollte uns ganz, und es hätten sich tatsächlich schwarze Wolken am Himmel gesammelt, wäre es nicht quälend wolkenlos gewesen, irgendwo aus der Ferne hätte man Unheil verkündende Stimmen gehört, ein für allemal. Meine Mutter liebte an mir und meiner Schwester das, was sie selbst war, und mein Vater liebte an mir und meiner Schwester das, was er selbst war. Ich frage: bedeutet das nicht, dass sie aufgehört hatten, einander zu lieben?

Mein Vater und meine Mutter, sie hörten auf, einander zu lieben.

27.

Der indische Mann, sein Zuhause ist karg. Keine unnötigen Dinge, die Staub und Erinnerungen sammeln. Aber der indische Mann, er sagt zu mir: meine Wohnung ist schicker als deine Wohnung, aber bei dir ist es gemütlicher. Der indische Mann, er war an dem Ort, an dem ich geboren wurde, als ich geboren wurde, und es ist so, dass die Teilchen von Anfang an ihren Platz fanden. Der indische Mann, er ist voller Wörter, und er fragte mich: wo bist du heute, normalerweise bist du ganz und gar hier. Meine Haare, sie fingen wieder an zu wachsen. Der indische Mann, er hat mich immer gekannt. Der indische Mann, wie ein kleiner Junge, ich habe ihn immer gekannt.

Wir werden noch einmal fortziehen von hier, aus diesem Haus, wo sich die Nachbarn zulächeln. Ich werde in ein Haus ziehen, wo es einen Garten gibt und viel Platz und wo ich endlich einmal still sein kann. In ein Haus, wo es einen Keller gibt und eine knarrende Treppe. Aber der indische Mann, er ist mein Bruder, und ich sage zu ihm: komm, wann du willst, und wenn wir nachts die Sterne anschauen, erinnern wir uns an einen anderen Himmel. Wenn wir nachts die Sterne anschauen, denken wir das Gleiche.

Jetzt ist August, die Nächte sind wieder Nächte. Die Blätter der Bäume sind am dunkelsten, und sie sind von kleinen Tieren angenagt. Wenn wir uns einmal gegenseitig anlügen, so ist das nur menschlich, natürlich. Jetzt ist August, es klirrt nicht, es braust nicht in den Ohren, die Lichter weisen uns den Weg zum Ufer. Das Meer ist so ruhig, dass wir nur flüstern. Wir sehen eine Sternschnuppe im Wasser.

28.

Im Sommerhaus duftete die Pfeife meines Onkels, und der Rauch schwebte im hellen Sonnenschein und vermischte sich mit dem Staub der Bücher, all das schimmert, und auf dem Fußboden lagen abgewetzte Flickenteppiche, auf dem Tisch ein Briefbeschwerer aus Messing, mehrere Aschenbecher, in Trinkgläsern verwelkte Wiesenblumen, und im Fenster der See und der Apfelbaum. Im Geäst des Apfelbaums kletterten wir, und mein Vater stand besorgt unter dem Baum. Irgendwo anders die Mutter, wo? Und die Sauna verließ mein Vater vorsichtig, vorsichtig ging er über Fichtennadeln und Zapfen und Wurzeln, auf Zehenspitzen, mit den dünnen Beine eines alten Mannes, auf den glitschigen Steg, und das Wasser im See war schwärzer als Öl, es war nicht fast blau, sondern fast grün, und auf das Geländer am Steg stützte man sich besser nicht, Rost und Splitter, und mein Vater lächelte die ganze Zeit, wenn er ins Wasser stieg, Sprosse für Sprosse, eiskaltes, eiskaltes schwarzes Wasser, und auf der Oberfläche schwärmten Mücken, weit weg schwarze Inseln, die Bäume nicht zu unterscheiden, und der Himmel dennoch seltsam erleuchtet, wo kommt das Licht eigentlich her, Sprosse für Sprosse, und dann war er ganz im Wasser, aber er ließ das Geländer nicht los, machte nur Schwimmbewegungen und sagte: hier ist es wunderbar, und ich und meine Schwester, wir schwammen im Wasser hin und her, unter- und übereinander, und meine Mutter weit draußen, mitten im See, sie schwamm weg vom Ufer, weg. Am Abend sagte Mutter: euer Vater kann nicht schwimmen. Im Knistern des brennenden Holzes versuchten wir zu schlafen, aber mein Vater ging im Zimmer auf und ab, er versuchte nicht einmal mehr zu lächeln, das kann passieren in Finnland, mein Vater wartete, dass die Sonne unterginge, damit er endlich beten könne. Verrückt, sagte Mutter, und drehte sich zur Wand.

Seltsame Tiere, seltsam aufgeworfene Landschaftsformen, keine Ahnung, wo Grundwasser, wahrscheinlich überall, ganz nah zu allem Überfluss, seltsame Zimmer, niedrig, Holz, das verbrannt wird, und meine Mutter irgendwo anders, wo? Ich und meine Schwester, wir kletterten morgens auf den Apfelbaum und blieben lange dort.

Die Hochzeit meiner Kusine fand im Festsaal des besten Hotels von Heliopolis statt. Meine Schwester und ich, wir trugen hohe Kerzen und waren heller als die anderen, an unseren Kleidern so viel weniger Spitze und Gold. Vorne tanzte eine Bauchtänzerin mit einem schweren Kerzenständer auf dem Kopf, ihr Kleid aus Schwarz und Funkeln, zu viel, sagte meine Mutter, zu fett, sagte meine Mutter, und ich war der gleichen Meinung, natürlich, aber jetzt bin ich es nicht mehr. Die Männer, die auf Pilgerfahrt gewesen waren, schauten anderswo hin. Vor unseren Ohren wurde in Trompeten geblasen, und Münzen flogen in unsere Haare. Die Gäste klatschten im Takt, und wir sahen unsere Mutter in ihrem hellgrünen Kleid, wie eine einsame Birke irgendwo, wo es überhaupt keinen Wald gibt, unsere Mutter allein für sich.

Wir tanzten, ich und meine Schwester, und meine Mutter saß allein an unserem Tisch, und mein Vater irgendwo anders, wo? So kehrten wir an den Tisch zurück, zu unserer kleinen Insel, so wenig Gold und Funkeln, so wenig Lachen auch, aber wir wollten auch gar keine Gesellschaft.

Meine Kusine und ihr dicker Mann saßen den ganzen Abend inmitten eines duftenden Rosenmeeres, meine Kusine, oh, wie sie strahlte, und ach, wie sie uns alle küsste. Später an diesem Abend wurde sie ins Krankenhaus gebracht, und ihr Blinddarm wurde entfernt, und bei diesen Schmerzen hatte sie gestrahlt und uns alle geküsst. Im Zoo von Kairo gab es einen Eisbären, dessen

Käfig nur wenig größer war als er selbst, und er hatte nur wenig warmes Wasser in einer schmutzigen Pfütze. Meine Mutter fror auf der Fahrt von der Hochzeit nach Hause. Meine Schwester und ich auf dem Rücksitz, wir waren endlich einmal still.

29.

Es gibt Menschen, die beherrschen tote Sprachen. Nur bei ihnen sind die Bücher noch in Leder gebunden, nur in ihren Büchern ist das Papier dick und gelb. Im Sommer sitzen sie draußen und essen mit Knoblauch gebratenen Fisch. Sie können mit den Ohren wackeln und auf dem Kopf stehen. Wenn sie in der Wüste aufgehalten werden und sie stundenlang neben einem Soldaten im Wagen sitzen müssen, ärgern sie sich nur darüber, dass sie kein Aufnahmegerät bei sich haben, denn der Dialekt, den der Soldat spricht, ist einfach so einzigartig, und man könnte auf der Stelle viele Karten neu zeichnen. Wenn sie sterben, Bienenwachskerzen und offener Sarg. Es ärgert sie, dass Pyramiden, Tempel, Museen und Gräber in der Hand von Idioten sind, und sie lieben alte russische Märsche und Schiffe natürlich. Sie sprechen mit Wildfremden in deren eigener Sprache, sie freunden sich mit den Wildfremden an, und ihre Freundschaft erscheint wie ein Schatz, den man sich nicht verdient haben kann, sondern der ein Beweis dafür sein muss, dass Gott existiert, bin ich doch auf schlechtere Beweise gestoßen, ein Beweis muss kein Taschenspielertrick oder ein Wortspiel sein, er muss nicht üblich sein, er muss niemanden überzeugen, und nachdem Mutter mich einmal gefragt hatte: warum versuchst du, mir meinen Glauben zu nehmen, tat ich es nicht mehr.

Wenn sie aus der Bibliothek in den Sonnenschein treten, um mittagessen zu gehen, stellen sie fest, dass die Treppe vor dem Dom schon abgekühlt und die Sonne nicht mehr zu sehen ist. Sie schauen sich um, und die Erde scheint zu schwanken unter ihren Füßen, das kann passieren, wenn man von weit her kommt. Sie schauen sich nicht um, und aus jeder Richtung kann ein Auto kommen, das sie überfährt. Sie übersetzen alte Texte, und als die Armee sich vom Schlachtfeld zurückgezogen hatte, war die Erde rot von Blut, und Tränen rannen die Wangen der Witwen herab, und sie blättern um und werden nicht einmal traurig. Und an diesem Tag ist nur das wertvoll, was genauso ist wie damals, und an diesem Tag ist so wenig so, und es gibt zu viel von allem Möglichen, das zu beschreiben jene Sprachen nie ausreichen werden.

Meine Mutter kam von weit her. Und an meinem Vater war am Anfang so viel genauso wie früher. Im Garten seines Elternhauses wusch der Hausmeister die Blätter des Ficus mit Milch, und er kletterte auf die Bäume, um Apfelsinen und Zitronen zu pflücken, im Garten war ein Springbrunnen, und wenn man aus dem Sonnenschein hereinkam, wurde es kühl und schattig durch die steinernen Wände, und überall hallte es, und vor allem die Schwester meines Vaters hinter den sieben Schlössern, gekrümmt, in alten Nachthemden, die feinen Kleider in Zeitungspapier gewickelt, man kann sie nachts heimlich bewundern, und die aus dem Garten auf die Terrasse im ersten Stock sich hinaufwindende Treppe, und Blumenbeete auf dem ganzen Weg, auch eine Katzenfamilie, und an der Wanne Löwenpfoten, und Seife, die an einer Schnur hing, um zu trocknen, und türkisfarbene Vorhänge mit Troddeln, und Duftwasser, direkt aus dem Märchen, und alt gewordene Schokolade in Silberpapier, und persische Teppiche auf dem Boden, die Zimmer gar keine Zimmer, sondern eher Säle, und Kristallleuchter an der Decke, und wenn mein Vater und meine Mutter die Jalousien zumachen, wird es dunkel und kühl im Raum, und in der Luft riecht es nach Mottenkugeln und Zigaretten, und noch nirgendwo ein weinendes Kind.

Wir nannten es das alte Haus. Es wurde abgerissen, verkauft und abgerissen, und an seiner Stelle wurde ein hohes Mietshaus gebaut. Meine Mutter betrat die Straße nie wieder.

Denn da sah und verstand meine Mutter endlich, dass Ägypten doch nicht das Ägypten war, das sie studiert und geliebt hatte, dass es das seit langer Zeit nicht mehr war. In ihre Augen kam Grau, und sie hustete viele Tage. In unserem neuen Haus kannten sich die Nachbarn nicht, unsere Schule wurde verstaatlicht und neu benannt, nach der Schlacht, bei der Ägypten Israel besiegt hatte, und unsere Wände waren schief, das merkten wir, als wir den dunkelgrünen Teppichboden auslegten, und vom Fenster aus sahen wir zu, wie eine LKW-Ladung kleiner Kinder zur Arbeit auf einer Baustelle gebracht wurden, und mein Vater trank nicht mehr und rauchte auch nicht mehr, und die Haare meiner Mutter waren im Kindbett dunkler geworden.

30.

Einmal gab ich Gott auf im Namen der Vernunft. Da blickte mein Vater zur Decke und schüttelte den Kopf, er sagte zu mir: du bist nicht mehr meine Tochter, ich sagte zu ihm: du bist nicht mehr mein Vater, er trug einen alten, abgetragenen Pyjama, und er war in Finnland, weshalb er nicht über Soldaten zu seinem Schutz verfügte, während ich tatsächlich welche hatte. Die Soldaten meiner Armee wohnten in billigen Mietwohnungen und aßen Thunfisch aus der Dose und studierten allerlei Dinge. Sie waren jung, und über ihrer Stirn wuchs noch Babyhaar. Sie tranken selbst gemachten Wein. Sie traten wegen der Kirchensteuer aus der Kirche aus und zahlten nicht die Fernsehgebühr. Im Sommer fuhren sie mit dem Rad. Wörter waren ihre schärfsten, effektivsten Waffen, wenn sie kein Wort fanden, erfanden sie es, und die Sterne am Himmel, sie kannten ihre Namen, und ein Komet leuchtete lang auch auf einen bestimmten Balkon in jenen Tagen. Mein Vater blickte zur Decke und biss sich auf die Unterlippe, und seine Augen waren nicht mehr braun, sondern grau, und sein Kopf war beinahe kahl, und wenn er gestanden hätte, wäre ich vielleicht still gewesen, denn dann hätte ich daran gedacht, dass sein Rücken schon so krumm war, dass er nur wenig größer war als ich und kleiner als meine Mutter. Mein Vater blickte zur Decke und murmelte leise vor sich hin, und ich rauchte vor ihm eine Zigarette. Ich packte meine Sachen und machte dabei so viel Lärm, wie ich konnte. Mein Vater blickte zur Decke, und er wusste, zwischen ihm und dem Himmel gab es so viele Stockwerke mit finnischen Menschen, Karelischen Piroggen, Zwischentüren und Heringen, und zuoberst eine Dachkammer voll mit den Erinnerungen der anderen. Mein Vater blickte zur Decke, und seine Wut erfüllte das ganze Haus, sie erfüllte uns alle, sie erfüllte meine Schwester, sie erfüllte meine Mutter und sie erfüllte mich, und wie sie mich erfüllte, und sie hinterließ schleimige, grüne Streifen auf den Wänden, die nie mehr weggingen, sie quakte in den Ecken und schrie, wie ein Frosch oder ein Sumpf, und an diesem Abend ging alles kaputt. Wenn in meiner Mutter Geschwüre wuchsen, so verdoppelten sie sich an diesem Abend. Wenn es an diesem Abend Gott gab, so war er nicht mit uns.

Mein Vater, er wanderte viele Tage lang allein durch Helsinki, auf Straßen, die damals noch nicht einmal meine Straßen waren. Mein Vater, damals war es herbstlich und kalt, und ich weiß nicht, wo er geschlafen hat. Mein Vater, er hat uns nie verziehen, und das wundert mich auch eigentlich nicht mehr. Mein Vater, in Finnland kauft man Gebäck nicht kiloweise, und ich lächle nicht, wenn ich keine Lust habe zu lächeln.

Nie mehr werde ich meinen Glauben aufgeben, denn wenn ich meinen Glauben aufgebe, bleiben nur noch die Worte übrig, und wenn du dann zu mir sagst: ich liebe dich nicht, muss ich glauben, dass du mich nicht liebst, auch wenn es nicht wahr ist. Und wenn ich sage, Gott ist tot, was auch nicht wahr ist, bleibt in meinem Herzen ein leerer Fleck, und der lässt sich nicht mit Wörtern füllen, denn im Herzen fühlen sich die Wörter nicht wohl, ganz und gar nicht.

Gott lebt da, wo ich aufgebe und feststelle, dass ich nicht die Welt beherrsche, sondern dass die Welt mich beherrscht. Die Liebe lebt da, wo dies überhaupt keine Angst mehr macht, sie lebt da, wo ich in den Ruinen meiner eingestürzten Konstruktionen sitze und mein Gesicht der Sonne zuwende.

31.

Einmal in Libyen kaufte uns mein Vater eine Tüte Bonbons, und die Bonbons waren groß und hart. Im Hals meiner Schwester blieb eines stecken, und ich rannte aus dem Zimmer und versteckte mich und hielt mir die Ohren zu, damit ich sie nicht husten hörte.

Wenn die Mangos groß und saftig sind, hat das Fleisch lange Fasern. Einmal in Alexandria blieb so eine in meinem Hals stecken, und meine Schwester rannte aus dem Zimmer und versteckte sich und hielt sich die Ohren zu, damit sie mein Husten nicht hörte.

Wenn es heiß war, fuhren wir in unserem blauen Auto zum Strand, und ich und meine Schwester stritten auf der Rückbank. Am Strand wurde meine Haut dunkler als die meines Vaters, und meine Haare wurden heller als die meiner Mutter. Wenn ich einen Sonnenstich bekam, erbrach ich die ganze Nacht und träumte von Löwen, die aus einem schmalen, schwarzen Tunnel auf mich zukamen.

Ich lernte, kleinere Bissen zu nehmen, schließlich ist das auch hübscher. Und so nahm ich ab und schaute nach den Krähen auf dem schwarzen Dach, wenn es geregnet hatte, und ich füllte ein Kreuzworträtsel im bleichen Licht der Küche aus, und wenn mir die Zigaretten ausgingen, hatte ich keine Lust, hinauszugehen, um neue zu kaufen. Manchmal vergaß ich auch zu essen.

Aber jetzt ist August, und der Winter macht mir überhaupt keine Angst. Der indische Mann stützt sich so auf meinen Esstisch, dass sich sein Kopf dicht über dem Teller befindet, und er isst mit beiden Händen, und obwohl sein Mund voller Essen ist, spricht er mit mir. Und würde ich jetzt Löwen sehen, ginge ich selbst auf sie zu.

Mein Vater, er stützte sich so auf unseren Esstisch, dass sich sein Kopf dicht über dem Teller befand, und er aß mit beiden Händen, und obwohl sein Mund voller Essen war, sprach er mit uns. Mein Vater, das Feuertier, und ich habe keine Angst mehr vor ihm.

32.

Weiß, Weiß, am Ende bleibt nur Weiß übrig, und Weiß ist die beängstigendste Farbe von allen, es ist die Farbe des Todes. Nirgendwo mehr Blumen. Warum, warum gerade mein Vater und meine Mutter, die Lebendigsten von allen, die Furchtlosesten von allen, die Blutvollsten von allen, die Schönsten von allen? Aber so ist es, mein Vater auf Pilgerreise, unter Hunderttausenden, in weißen Stoff gewickelt, ausgetrocknete Haut, weiße, ausgetrocknete Haut an seinen schmalen Gliedern, kein Wasser mehr für lange Zeit. Keine Blumen mehr, nicht in Vasen und nicht auf dem Balkon und in niemandes Haar, in welchem Haar auch, und auf den Büchern weißer Staub, auch auf den Papieren, und weiße Laken in den Zimmern, in die man nicht mehr gehen muss, warum sollte man, wo es doch jedesmal nur im Herzen wehtut, es gibt nicht mal mehr etwas, worauf man warten kann, hier jedenfalls nicht. Und meine Mutter, weiße Gaze fixierte ihr Kinn, bleich, bleich, und dann noch die weiße Urne, und die dünnen weißen Schnüre, mit ihnen ließ ich die Urne in die Erde hinab, da fühlte ich nichts, nichts, aber da gab es Blumen, so viele, man hätte darin ertrinken können, und es waren Blumen von jungen Menschen, so viele junge Menschen und ihre traurigen Augen, und ich und meine Schwester, schwarz, viele Tage lang schwarz.

Und manchmal bringen die Sonnenblumen kleine Insekten in meine Wohnung, und das macht überhaupt nichts. Meine Kindheit, das ist eine überbelichtete Fotografie, mit einer schlechten Kamera aufgenommen, nirgendwo sahen wir Schatten, vor nichts hatten wir Angst, und unsere Tauben kehrten jeden Abend um dieselbe Zeit zurück, und Vater kaufte jeden Tag Blumen, zumindest fast jeden Tag, und wenn auch manchmal rote Würmer mit dem Wasser aus dem Hahn kamen, so konnte man das Wasser ja filtern und abkochen, und unser Teppichboden, er war wie Gras mitten im Sommer, und auf unseren Stühlen zitronengelbe Blumen, und auf unserem Tisch gewaschene Aprikosen, und im Wasser eine Essenz, gepresst aus den Blütenblättern von Rosen, und bei Hochzeiten Münzen in unseren Locken, wir blickten nicht um die nächste Ecke, und als alles aufhörte, stellten wir fest, dass nichts mehr übrig bleibt, worüber man sich freuen kann, wenn Gott stirbt, und wir dachten nicht daran, dass er eines Tages wiedergeboren werden würde.

33.

Manchmal verdeckten wir die grünen Streifen an den Wänden mit Silber und Gold, wir zündeten die Kerzen auf dem Klavier an und löschten die Deckenlampen, und dann sang meine Mutter mit uns, wir waren groß an jenen Abenden, nur Frauen, überhaupt keine Männer, wenigstens nicht solche Männer, und die Nadeln fielen noch nicht vom Baum, keine einzige, und zu Weihnachten erwachte meine Mutter zum Leben, und all die Speisen, die herzustellen ich nicht gelernt habe, sie waren Geschenke von ihr an uns, und an jenen Abenden sprachen wir nicht von Guaven oder Mangos oder frischen Weinblättern oder von der Kaffeehandlung oder vom Wassergeschäft oder von unserem blauen Auto oder von unserem weißen Auto oder von herumstreunenden Katzen oder herumstreunenden Hunden oder von Vater, an jenen Abenden sprachen wir nicht von Ägypten. Und manchmal dachte ich, das wird schon wieder, aber ich hatte Unrecht, denn ich begriff nicht, dass nur noch Glut übrig war, die bald erlöschen würde, sie hätte sich auch noch einmal entzünden können, aber das tat sie nicht. Wir tranken Wein, und wir lachten, und wir sangen, wir öffneten Päckchen, und wir tranken Wein, und wir lachten, wir drei nur noch, unsere Stimmen jedoch gewissermaßen gebrochen.

Und mein Vater an jenen Abenden, ich kann es nicht wissen, nur raten, allein in Ägypten, keine Zeder mehr als Weihnachtsbaum und kein einziges Geschenk, nur verkümmerte Blumen auf dem Balkon und verschlossene Türen und dahinter verkümmerte Erinnerungen und vergilbte Fotografien von einem verlorenen Himmel, auf diese Art verkümmert ein Mensch, und mein Vater nur noch eine kleine Rosine, auch in seiner leeren Wohnung kein Licht mehr, nicht mehr unser Zuhause, aber auch noch nicht das seine, womöglich nie das seine, und die schiefen Wände, sie stürzen nicht ein, dafür bräuchte es Kraft, aber Kraft ist nirgendwo mehr, und jede Minute werden Kinder geboren, und Brot gibt es immer weniger und Sand immer mehr und Wasser immer weniger, sie haben nicht geglaubt, was ich sagte, sie haben nicht geglaubt, was ich schrieb, und die Papierstapel sind seit Jahren nicht mehr gewachsen, eher eingesunken, und unsere Bücher, von kleinen Tieren angenagt, hinter den Türen, keine zornigen Kinder mehr, die sie zuknallen, und nirgendwo mehr Blumen.

Wenn wir das Gold und das Silber abnahmen, sahen wir wieder die grünen Streifen, und wir bissen die Lippen zusammen und schauten anderswo hin, und dann froren sogar die Engel in ihren weißen Gewändern und flogen davon. Mein Vater und meine Mutter, sie zerstörten einander. Aber ihr sollt wissen, das war euer Leben, und ich habe meine eigene kleine Insel, zu der meine Schwester mit einem kleinen Boot gelangt. Die Kellerregale biegen sich vor eingemachten Beeren und Pilzen, und im Kamin brennt auch im Sommer ein Feuer. Wenn das Boot meiner Schwester das Ufer erreicht, laufe ich zu ihr, und wir blicken nachts zu den Sternen, und wir denken dasselbe.

34.

Ich rief meine Schwester sogleich an, als ich aus der Klinik herauskam. Meine Schwester, weit weg, weit weg von zu Hause. Mutter ist tot. Ich hätte es anders nicht sagen können. Sie schrie auf entsetzliche Weise, und da begriff auch ich, was mein Mund gesagt hatte. Der Klingelton meines Telefons war ein Tango, er erklang, als ich in den Bus stieg. Im Bus war das Licht weiß, und das Rauschen in meinen Ohren ebenfalls. In der Nacht war ich mehr wütend als traurig, die Trauer hätte ich gar nicht ertragen, Trauer wiegt schwerer als Wut, ist schwieriger als die Wut, und so stopfte ich mir das Kissen in den Mund.

Am nächsten Abend flog meine Schwester nach Finnland. Am Morgen war ich im Krankenhaus gewesen, im Zimmer brannte eine Kerze und alles war weiß, ich bekam dieses Zimmer nicht aus dem Kopf. Und Mutters Sachen alle in Plastiktüten, die Brille, die Brille. Freunde, und in meinem Kopf kein einziges Wort. Mit dem Rucksack auf dem Rücken stand sie vor meiner Tür. Als wir uns umarmten, strich ich ihr über die Korkenzieherlocken, und sie waren ganz durcheinander. Ihre Augen waren geschwollen, sie wanderten umher und trauten sich nicht, irgendwo anzuhalten.

Meine Schwester redete. Ich hörte eher zu. Meine Augen waren schwer vom vielen Wachen, wie hätte ich schlafen können, da ich dieses Zimmer nicht aus dem Kopf bekam. Zwischendurch weinte meine Schwester. Große Tränen, riesige. Ich brachte ihr mehr Wein und bot ihr eine Zigarette an, und ich redete, etwas anderes konnte ich nicht.

Ich richtete ihr die Bettcouch. Die hellblaue Bettwäsche mit Sternen und Monden. Finnlandduft, sagte sie, und drückte sich das Kissen ins Gesicht, es kühlte ihre brennenden Wangen. Versuche zu schlafen, sagte ich und löschte das Deckenlicht, im Halbdunkel war es leichter zu sein. Sie kramte Sachen aus ihrem Rucksack, seltsame Sachen. Als Letztes kramte sie einen Teddy hervor. Der Teddy hieß Halbundhalb, denn er war nicht klein und nicht groß, nicht alt und nicht jung, nicht schwarz und nicht weiß, er war nicht dies und nicht das. Letzte Nacht ist Halbundhalbs Ohr abgegangen, sagte sie, ich habe es heute Morgen gemerkt, in der Nacht riss ich es ab. Nähe es wieder an. Aber sei vorsichtig, wenn du es falsch annähst, sieht Halbundhalb böse aus.

Ich nahm den Teddy und ging ins Schlafzimmer. Halbundhalb war genauso alt wie sie und nur wenig jünger als ich. Als ich den Faden durch das Nadelöhr schob, erinnerte ich mich, wie Mutter das Fadenende mit der Zunge befeuchtete. Ich konnte mich nicht erinnern, jemals etwas Wichtigeres getan zu haben.

Ich hörte sie weinen. Dann brachte ich den reparierten Bär ins Wohnzimmer. Sie sagte: ich glaube nicht, dass Mutter tot ist, sie ist nur irgendwo versteckt. Ich sagte: Mutter ist tot. Meine Augen waren erfüllt von diesem weißen Zimmer. Die letzte Zigarette teilten wir uns.

Wir gingen in mein Bett. Ich dachte an ihre Locken im dunklen Treppenhaus. Und daran, dass sie im Schlaf dem Teddy ein Ohr abgerissen hatte. Und an ihren Rucksack, voller unsinniger Sachen. Und an die kleine Hoffnung, die noch in ihr lebte, und die mir schon verloren gegangen war. Und dann schlief ich doch ein, denn ich glaubte, ich würde nie mehr vor irgendetwas Angst haben müssen.

35.

So nahm ich Abschied von ihnen, ich nahm Abschied von ihrer Liebe, und das war nicht meine Liebe, ich nahm Abschied von ihren Göttern, und das waren nicht meine Götter, ich nahm Abschied von ihrer Wut, und das war nicht meine Wut, ich nahm Abschied von ihren Erinnerungen, und das waren nicht meine Erinnerungen, ich nahm Abschied von ihrer Liebe, denn das war nicht meine Liebe. Und ich weinte nicht mehr.

Aber dennoch. Als mein Vater lebende Tauben kaufte, erlaubten wir ihm nicht, sie zu töten. Wir gaben ihnen Namen, und da sie noch klein waren, fütterte mein Vater sie mit der Pipette. Mein Vater baute ihnen aus Kartons ein Nest, und als wir Libyen verließen, lebten sie immer noch. Und die Schildkröte kroch im Garten hinter meiner Mutter her, und die Weintrauben reiften an der Pergola, und die Ameisen änderten nie ihre Route, und dort, wo das Grab unserer Katze war, wuchs eine weiße

Lilie, und in Rom rannten wir vor dem Regen in ein Restaurant, und die Musiker spielten an unserem Tisch, und ich wusste nicht, dass Vater sie dafür mit Geld bezahlte, und als Vater nach Finnland kam, waren seine Koffer voller Geschenke, und sich selbst kaufte er nichts, und ich glaubte, das sei normal, wie die langen Briefe, auf die wir nie antworteten, die wir kaum lesen mochten, und die Zeitungsartikel, die er in seinem indischen Bambussessel für uns ausgeschnitten hatte, mit zusammengekniffenen Augen hinter seinen Brillengläsern, der abgenutzte Pyjama, die Stirn in Falten, mit einer kleinen Schere, nur für uns. All die Jahre, und ich glaubte, das sei normal, höchstens ein bisschen langweilig, und ich werde mir nie verzeihen, niemals.

Einmal in Ungarn, da war ein junger Mann, der kannte die Sterne und sogar die Kometen, Rucksack auf dem Rücken, schmale Finger und schmales Gesicht, und ich auch, und ein Aussichtspunkt, und als die Amerikaner weitergingen, blieben nur wir zurück, und so hörten die Musiker auf zu spielen und fingen an zu rauchen, und da begriff ich endlich, dass Vater die Musiker bezahlt hatte, vor vielen Jahren in Rom, damit sie für uns spielten, damit sie uns den Abend versüßten, und der blasse junge Mann neben mir lächelte mit seinen grauen Augen und war so weit weg von mir. Also blickte ich auf die Donau und sah nur schmutziges Wasser, und der Himmel lastete auf meinen Schultern und wölbte sich überhaupt nicht.

Mein Vater, der Wassersucher, ich hoffe, er sucht nicht mehr. Ich wünsche ihm jemand Weiches und Rundes und Duftendes und Funkelndes, süße Worte nur selten, dass er aber trotzdem nicht allein sein muss. Mein Vater, ich liebe ihn über alles. Und wenn ich das nächste Mal eine Apfelsine esse, schneide ich die Schale in einer langen Spirale herunter und schiebe sie mir kurz über das Handgelenk, wie einen Schmuck.

36.

Ihre Götter kämpften um mich, ihre Götter kämpften um meine Schwester. Idiotisch, sagten wir, und verfolgten den Kampf nicht weiter. Aber ganz am Anfang waren ihre Götter ein Gott, und dieser Gott war auf ihrer beider Seite. Mein Vater und meine Mutter, sie waren durch Augen und Haut und Ohren und Lippen, durch Finger fest verbunden, mit Klauen und Zähnen und Traum, durch das hellgrüne Licht, das durch die hellgrünen Jalousien leuchtete, durch Vorhänge und Wasser, die schwarze Haare mit weißen vermischt, durch schlechtes Englisch, die Sprache von keinem der beiden, durch Essen und Wein und Terrassen und Eis in Schalen aus Metall und durch Flugzeuge und neue Verwandte und Kaffee aus alten Tassen und Silberlöffel und Briefe und Briefe und Briefe und durch hellblaue und braune und hellblaue und braune Blumen, die nie verwelkten und durch Rauschen, durch Rauschen.

Meine Augen sind grün, ich bin nicht dies und nicht das, und doch beides. Und ich will nicht mehr zwischen euch wählen.

Mein kleines Zuhause, nur meine Sachen und meine Erinnerungen, nur ich habe den Schlüssel und niemand sonst, und nur meine Bücher, die ich selbst gekauft habe, andere möchte ich nicht, und meine Platten, die ich selbst gekauft habe, und andere möchte ich nicht, und mein eigenes Fenster, das ich nur für mich putze, und wenn ich weine, will ich das nicht vor anderen tun, ganz und gar nicht. Aber das ist neu, denn der Winter war lang, dauerte er doch viele Jahre. Dann stellte ich die kleinen Holztiere auf das Klavier, und ich wusste, Vater hatte sie aus Afrika mitgebracht, ich wusste, sie fangen Staub, und ich wusste, meine Mutter hätte sie nicht hingestellt, Staub und Erinnerungen, beides schlecht, und ich wusste, meine Mutter wollte nur Schwarz und Weiß und klare Formen, sie verabscheute kleinen Kram und vielleicht Kram überhaupt, und ich wusste, mein Vater liebte allen kleinen Kram und Kram vielleicht überhaupt, und da dachte ich: ich liebe Vater mehr als Mutter, ich bin die Tochter meines Vaters, und da bekam ich ein schlechtes Gewissen, aber als ich die kleinen Holztiere vom Klavier nahm, dachte ich: ich liebe Mutter mehr als Vater, ich bin die Tochter meiner Mutter, und da bekam ich ein schlechtes Gewissen und wusste nicht, was ich tun sollte, ganz und gar nicht.

Ich will nicht mehr wählen zwischen euch. Wenn ich es eilig habe, schäle ich die Apfelsine so, dass ich vier Schnitte hineinmache, worauf sich die Schale leicht lösen lässt. Und wenn ich Zeit habe, schneide ich die Schale in einer langen Spirale herunter, die ich mir kurz über das Handgelenk schiebe, wie einen Schmuck. Ich will nicht mehr Wurzeln fassen, meine Insel wandert mit mir, von diesem Tag an.

Ich sitze auf einem Seidenkissen, lese ein Buch mit festem Einband und trinke Milch. Ein für allemal.

37.

Mein Vater und meine Mutter. In einem großen grauen Flugzeug fliegen sie weit fort. Sie sitzen nebeneinander, meine Mutter in einem kurzen Rock, die Hände ruhen auf schmalen Beinen, die langen, langen Finger mit den Fingern meines Vaters verflochten. Meine Mutter schaut aus dem Fenster auf all die Wolken und auf anderes auch. In einem großen grauen Flugzeug immer höher und höher, und ich bleibe hier und bin nicht einsam, nicht mal allein. In einem großen grauen Flugzeug, glänzend, die lauten Töne verstummen, es bleiben Rauschen und blinkende Lichter und Menschen aus vielen Ländern, keiner davon schöner als die beiden. Irgendwo die Sonne, sie scheint ihnen in die Augen und kitzelt. Schaut jetzt nicht mehr nach unten!

Ich begrabe die hässlichen Wörter in der Erde, ich begrabe alle Wörter in der Erde. Mit meiner Plastikschaufel grabe ich ein Loch in den Sand und lasse auch kein Hölzchen als Zeichen zurück. Ich vergesse die Wut und die Angst. Ich verbrenne alle Briefe, diejenigen, die geschrieben wurden, und diejenigen, die nie geschrieben worden sind. Ich verbrenne sie und streue die Asche ins Meer. Und bald werde ich die Abende vergessen, an denen ich auf dem Rücken lag und die Tränen mir die Wangen hinabliefen, und erst als sie mich am Hals kitzelten, bemerkte ich, dass sie da waren. Bald werde ich die Abende vergessen, an denen ich mit der Faust auf den Boden hämmerte und es nicht mal wehtat. Ich schäle das Alter und die Zeit von ihnen herunter. Ich vergesse ihre Angst. Ich kratze sie ab mit den Klauen einer Löwin. Nichts Schlechtes wird übrig bleiben, nur Wasser und Zitronen, und der Winter in einem Land, in dem sogar der Mond andersherum am Himmel steht.

Ich spiele am Strand, ich spiele und schwimme und sammle kleine Steine. Ich betrachte die kleinen Steine, ich betrachte sie, und sie sind alle neu für mich, nichts Geerbtes und nichts Altes. Und jene, die mir gefallen, sammle ich auf, ich habe jetzt so viel Platz, und dieser Platz ist neu, ich habe ihn mir selbst freigeräumt, ich habe viel Geerbtes und Altes weggeworfen und nur aufgehoben, was ich brauche, und ich höre so laut Musik, dass meine Ohren summen, und das macht überhaupt nichts, und es ist schön, auf dem Fußboden zu liegen, er ist kühl, er gibt nicht nach, und dann ist mein blaues Zimmer hoch, es wölbt sich wie der Himmel, auch weiß ist es, und bald fallen die Blätter von den Bäumen und zu Hause ist wohl sein, keine Angst, vor nichts, und ich kann warten, ich kann auf den Abend warten, und wenn die Sonne scheint, scheint sie warm, nicht mehr das klirrende Kristall des Frühlings, sondern etwas Leichteres, und wenn ich die Augen schließe, ist das Licht rot, es hat die Farbe meines eigenen Blutes.

Meine Flügel sind zu voller Größe gewachsen, und wärmer als jetzt wird mir die Sonne nicht scheinen. Die Johannisbeeren sind reif, ich mache einen Kuchen daraus, den ich mit meinen Freunden esse, und manchmal leuchten meine Freundinnen im Abendlicht wie Engel, und vielleicht ist das alles auch in uns, natürlich ist das alles auch in uns, endlich sind wir zur vollen Größe gewachsen. Auch die Libellen sind groß, sie fliegen ganz dicht über der Erde, und bald werden sie bestimmt in tausend Farben explodieren, Schilf hat die Bucht eingenommen, und die Sonne scheint schon aus flachem Winkel und leise. Wir zünden Lichter an und reden weniger als zuvor. August in Finnland, Tag und Nacht, sie befinden sich in vernünftigem Verhältnis, genau wie in Ägypten. Ich werde die beiden schälen und sie an den Anfang zurückschicken, und von dort brauchen sie nie mehr fortzugehen. Kein Kinderweinen mehr.

Ich kratze alles ab, was ich will. Ich reibe und poliere und stelle auf den dunkelblauen Samt, was ich will. Und wenn das getan ist, tue ich zwischendurch etwas anderes, das ist mein Recht.

Manchmal sehen meine Freundinnen genauso aus wie vor Jahren, und eigentlich ist daran nichts Merkwürdiges. Sie haben mir erzählt, dass sie Angst haben, sie haben mir von den Drachen erzählt, in die sie sich verwandeln, wie groß sind die Tränen eines Drachen, und wie roh seine Sitten. Sie haben mir von dem rotmähnigen Löwen erzählt, der sie mitten in der Nacht zum Zauberteich geführt hat. Schäle die Haut ab, hat der Löwe gesagt, und sie haben es versucht. Aber unter der Haut war eine weitere Haut, und darunter eine weitere, und erst als sie sich getraut haben, wirklich tief zu kratzen, so dass der Schmerz unerträglich stark war, hat sich die Haut endlich gelöst. Dann haben sie im Zauberteich gebadet, und der Mond hat über ihnen geschienen, und der Löwe hat sich leise davongeschlichen. Da haben sie ihre roten Wangen und runden Arme angeschaut, und sie haben sich gemocht, sie haben Kalbsleber gegessen und zu dem Kellner gesagt: es war so gut, dass uns fast die Tränen gekommen sind, die Leber war innen rot, und sie haben eigens ein scharfes Messer bekommen, und von da an haben sie ausgesehen wie Jahre zuvor und mehr gelacht, sie haben zu mir gesagt: merkst du, wir lachen mehr als zuvor. Von da an verging die Zeit langsamer, der Sommer war wieder lang, und die Dinge haben angefangen zu funkeln.

Diese Wärme, die ist neu für mich. Die tiefe Stimme dicht an meinem Ohr, und ganz normale Dinge, nichts Großartiges, nur Frühstücke. Mein Name im Mund eines anderen, das reicht. Kleine Dinge, große Dinge, mittlere niemals. Manchmal kann ich dieses Glück nicht tragen, manchmal glaube ich, es ist Trauer, aber Trauer ist leichter als Glück, sie ist einfacher. Dieses schwer Wiegende, das ist keine Trauer mehr. Ich versuche still zu sein, nur zu schauen und nichts zu denken. Und ich versuche von diesem Tag an meine eigene Größe zu haben. Damit ich nicht doch alleine essen muss.

38.

Als mein Vater meine Mutter im Zug von Luxor nach Assuan sah, war es, als hätte er nie sprechen können, als hätte die Welt nie in Worte gepasst, als hätte man sie nicht mit Begriffen beschreiben können, als hätte man über sie nicht einmal singen können, denn was sind Lieder, wenn nicht vertonte Worte, und in Liedern ist das Gesicht einer Frau wie der Mond, ihre Augen sind schwarz wie die Nacht. Auch schienen die Melodien nicht zu passen, verschlungen und sanft, denn meine Mutter musste nicht gelockt werden, auch ihr Lächeln nicht, und ihr Blick war offen und anwesend, sie guckte nicht verstohlen, meine Mutter war keine, die verstohlen aus den Augenwinkeln guckte, und manchmal setzen die Gerüche des Basars ein, enden aber nicht, wie kann etwas anfangen und enden, was keine Gestalt hat, und sie verflüchtigen sich bloß, und man vermisst sie, und an Mutter war nichts dergleichen, und Vater dachte: das kann keine

Frau sein, auf dem Gesicht der Frau Puder, Puder und eine Haut, die nicht atmet, und Gold, dass sich die Ohrläppchen in die Länge ziehen, und Samt und Öl immer früher, und jetzt ganz deutlich ein Engel, hier und dort zugleich, nichts Geheimes, aber dennoch tausend Versprechen und Farben, helle, leichte Farben, wie die höchsten Tasten eines Klaviers und das Licht des Frühlings, das überall splittert, und Farben, wenn zu viel Licht da ist, Licht in Augen und Ohren, wenn kein einziges Wort mehr dazu passt, wenn unter den Augen Wärme und Groll jucken, wie eine trunkene Wespe, vielleicht auch ein bisschen wütend, ein eigener Raum, es gibt nichts Eigenes mehr, und das erzürnt, aber man muss rennen, um trotzdem rechtzeitig da zu sein, und wenn man nicht daran denkt zu trinken, kann man von der Zugtür auf den Bahnsteig stürzen und viel später aufwachen, und die Erde kann noch feucht sein, wenn es Morgen ist, und man sieht alles durch, man sieht Fasern und Flecken, die vorher nicht da waren, und jetzt wird nicht mehr geflüstert, jetzt wird geschrien, geschmettert, verkündet, warum sollte man flüstern, wenn alles klar ist, wenn alles geschrieben steht, so dachte mein Vater, wenn alles geschrieben steht in brennenden Buchstaben, vor langer, langer Zeit, oder erst morgen. Einmal zerbrach das Licht und zerfiel, und ich fand nicht mehr alle Bruchstücke, den größten Teil von ihnen fand ich aber doch und konnte sie zusammenkleben, und schließlich sehe ich die Falten unter meinen

Augen, warum sollte man nicht die Stellen sehen, die geklebt worden sind, immerhin ist es die Arbeit meiner eigenen Hände. Mein Vater suchte ein Wort und fand es nicht, und so war es ihm zuvor nie ergangen, es war leichter, die Dialekte der Beduinen zu sprechen, auf sie zu hören und sie nachzuahmen, es war leichter, eine Frau durch ein Lied hindurch zu betrachten, in einer Frau das Lied zu suchen, einer Frau Worte zu singen und zu der Frau zu sagen: dies ist dein Lied, diese Worte, das bist du, du bist diese Worte, und dann kann man mühelos einschlafen, denn nichts ist zerbrochen, nicht einmal beschädigt, und das ist doch gut, oder etwa nicht, warum zerbrechen und beschädigen, das ist doch überflüssig, es gibt davon ohnehin schon zu viel auf der Welt, die Spuren der Cluster-Bomben an den Wänden Jahre später, und wenn man eine Karte koloriert, muss die Farbe innerhalb der Grenzen bleiben oder außerhalb von ihnen, sonst lohnt es sich gar nicht erst, die Karte zu zeichnen, und wenn die Tür für die Nacht verschlossen ist, bleibt vieles außen vor, und man kann das hereinnehmen, was man will, aber mein Vater ist meiner Mutter früher nicht begegnet, und darum ist es leichter, ihn zu verstehen.

Mein Vater, er fürchtete sich vor nichts. Und meine Mutter, auch sie bald nicht mehr. Mein Vater und meine Mutter, sie hüllten sich in Licht. Es gab nichts anderes mehr auf der Welt. Und wenn ich die Augen schließe, nimmt das Licht vielleicht weiter zu.